Monika Voss

Erjenswat es emmer

Monika Voss ist Düsseldorferin mit Leib und Seele.
Im Dorf am Schlossturm geboren und aufgewachsen, ist sie
heute Expertin der Düsseldorfer Mundart. Die ehemalige
Lehrerin unterrichtet Kleen on Jroß op Platt und publizierte
bereits mehrfach im Droste Verlag. Ihre Kolumne *Onger ons jesaht*
erscheint zwei Mal die Woche in der *Rheinischen Post*.

Monika Voss

Erjenswat es emmer

DROSTE

Bibliografische Informationen der Deutschen Nationalbibliothek
Die Deutsche Nationalbibliothek verzeichnet diese Publikation
in der Deutschen Nationalbibliografie; detaillierte bibliografische
Daten sind im Internet über http://dnb.d-nb.de abrufbar.

© 2011 Droste Verlag GmbH, Düsseldorf
Gesamtgestaltung: Droste Verlag
Cover unter Verwendung einer Zeichnung von Zeynep Yüksel
Zeichnungen innen von Monika Voss
Druck und Bindung: GGP Media GmbH, Pößneck
ISBN 978-3-7700-1452-1

www.drosteverlag.de

Vorwort

Mundart ist ein altes Kulturgut, sie spiegelt die Mentalität einer bestimmten Region und ihrer Bewohner wider, intensiver und farbiger als es die Hochsprache vermag. Ein Stück Heimat in Worten lebendig werden lassen, so will Mundart verstanden werden.

So hat auch „Joethes Schäng Wollefjang" Mundart beurteilt „Jede Provinz liebt ihren Dialekt: er ist doch eigentlich das Element, in welchem die Seele ihren Atem schöpft."

Meine Eltern teilten Goethes Ansichten nicht. Als ich Kind war, wurde bei uns zu Hause kein Platt gesprochen, obwohl mein Vater unseren Dialekt bestens beherrschte, wenn er wollte. Man befürchtete schlechte schulische Sprachleistungen. „Dat und wat sagen doch nur Straßenkinder!" Mit dieser Meinung standen meine Eltern nicht allein. Häufig rümpfte man über Mundart, die so wenig fein war, die Nase, so wie noch heute viele Düsseldorfer, denn „mr deht sech hee jähn ene vörnähm-feine Deu aan."

Schade, dass an der Düssel unser Dialekt nicht so selbstverständlich gesprochen wird wie in unserer benachbarten Domstadt! Dort spricht der einfache und auch der „gehobene" Bürger stolz sein Kölsch.

Neidisch blicke ich auch auf den süddeutschen und norddeutschen Raum, in dem Mundart zumindest teilweise bis heute gesprochen und gelebt wird.

Leider lässt sich das von Düsseldorf nicht behaupten. In einzelnen Stadtteilen ist unser Platt zwar nach wie vor zu Hause, vor allem bei der älteren Generation. Doch im Allgemeinen spricht man es im alltäglichen Umgang immer seltener.

Zwar erfreuen sich liebevolle Bestrebungen der Mundartpflege durch Veranstaltungen der Heimat- und Bürgervereine – insbesondere des Vereins Mundartfreunde mit seiner Hans-Müller-Schlösser-Akademie *Scholl för Platt* – sowie Lesungen, Stadt- und Museumsführungen, sogar Mundartmessen großer Beliebtheit. Häufiger im Alltag gesprochen wird unsere Mundart dadurch aber nicht. Der Verein der Mundartfreunde Düsseldorf nennt seine Monatszeitung *Mer spreche Platt*. Wird sie eines Tages heißen müssen Mer hannt Platt jesproche? Hoffentlich noch lange nicht!

Mein Herz hängt an „ons Düsseldorwer Platt". Ich halte es verglichen mit der Standartsprache für eine weitaus bildhaftere und facettenreichere Ausdrucksform, die immer den Nagel auf den Kopf trifft und mit ihrem verschmitzten Augenzwinkern nie verletzend ist.

Ich hatte das Glück, eine Großmutter zu haben, die nur Platt sprach. Bis heute habe ich sie im Ohr. Sie wurde in „Kieschwäth" geboren, wohnte in Derendorf und war – das erkenne ich heute – ein rheinisches Original. Ohne ihren Einfluss wäre mir unser Dialekt nicht so vertraut geworden, und ich hätte keine Mundartbücher und keine Kolumnen in der Rheinischen Post schreiben können. Daher meldet sie sich auch so oft als „min Omma selech" in meinen Texten zu Wort.

Die vorliegende Auswahl von „Onger ons jesaht"-Essays aus den Jahren 2005 bis 2011 ist zusammengefasst unter dem für Düsseldorf so passenden Titel „Erjenswat es emmer". Auch darin spiegelt sich die Mentalität unserer Heimatstadt und ihrer Bewohner wider. Sollte wirklich einmal hier an der Düssel nichts los sein, dem Düsseldorfer wird schon etwas einfallen. *Monika Voss*

JANNEWAR

Dat hammer henger ons

Häste-nit-jesenn send de Fierdaach eröm! De Päckskes usjepackt, de Weihnachtsjans verkimmelt, de Plätzkesdos fies leer, dr Mare rongkeröm voll, et Jewecht fies zovill.

Äwer doför es mr widder jo och janz onger sech on all dat, wat Familich odder Verwandtschafft heeß, es fott. Do deht mr trek emol widder merke, wie lecker jemötlech et sin kann, de veer Wäng för sech alleen zo hann.

Öwer dat Thema Weihnachte hät eener emol e Book jeschreewe, dä dat Fest dörch on dörch nit verknuse kann. Dodren kammer läse, wat beröhmde Lütt sech öwer dat Fest on de Familich hannt enfalle losse. Eener hät jesaht: De leewsde Festjäst send die, die wäje Jlatties afsare mösse. Ene angere meent: So e Fest met de Familich es janit doför do, dech jlöcklech zo make. Nä, Weihnachte wör nix angeres als wie ene Test, wie lang mr dat Janze ushalde kann, bes se sech all lecker en de Woll hannt. Au wei, wat för'n nette Familich on buckelije Verwandte mösse die ärm Lütt, die sojet Fieses von sech jäwe, all öm sech eröm jehatt hann!

Bei ons künnt et sojet nit jäwe! Em Läwe nit! Em Jäjedeel! Nä, wat schad, dat Omma, Oppa, Tant, Öhm on denne ehr sibbe Pänz endlech widder fott send! Äwer mer hannt e doll Memory-Fotto jemaht, op däm äwer och janix von Knatsch on Knies zo kicke es. Dat kütt jetz em Selwerrähmche op de Kommod, domet mer se öm Joddes Welle nit all verjesse, bes se dann Jott sei Dank eesch em nächsde Dezämber all widder op de Matt stonnt. *(2008)*

Joode Vörsätz

Nä, wat hammer dies Johr als widder ene Hoope Fier-daach am Hals jehatt! Mr es jo us de Festivitäte ja nim-mieh erusjekomme.

Lütt, die wo fottjefahre send, wore prima draan. Se bruchden bloß zwei Urlaubsdaach zo nähme on hadden domet trek zwei Woche Ferije am Been, hannt sech ene sportleche Deu aanjedonn, send dörch de Loip jerötscht odder öwer de Pist jejöckt on schlank wie en Pinije wid-der aan de Düssel aanjekomme.

Lütt, die wo hee jebleewe send on emol widder eso rechtech eene op Famillich jemaht hannt, könne nu de Speckröllekes ja nimmieh aan een Hangk zälle. Ech sach bloß Plätzkes, Stolle, Rehrögge on Weihnachtsjans.

Jetz jöwt et bloß eens on dat wie alle Johr widder: Et moss en Diät jemaht wähde op Düwel komm erus, bzw. op Speck jank fott!

A propos Düwel! Min Omma selech hät fröher emmer jesaht: Kengk, pass op! Dä Wäch noh de Höll es met joo-de Vörsätz jeplostert.

Au weia! Hemmel odder Höll, dat künnt jo emol de Froch sin! Wenn ech dann schonn nit owe beem Pitter aan de Hemmelspootz emol aankomme sollt, doför onge en de fies heeße Höll, dann möhd ech äwer ki eenzech Pongk zovill op de Rebbe hann. Denn met Öwerjewecht kütt mr doch ussem Schwetze ja nimmieh erus! So'ne moppelije Knubbel deht vill flöcker schwetze als wie so en spirrije Hipp odder e Latzejestell.

Sollt mr doch owe aan de Hemmelspootz emol erin-jelosse wähde, deht eenem so e Engelshemp och vill bes-ser stonn, wenn dat locker flockech öm de Fijur falle kann. Also, loss jonn on nix wie eraan aan de Diät! *(2011)*

Dat fängt jo joot aan

Modderseelealleen? Nä, dat es nix för ene Düsseldorwer! Send mieh als wie fönnef Lütt zosamme, make se häste-nit-jesenn direktemang ene Vereen odder ene Fröndeskreis op. Dann moss natörlech och, on dat alle Johr widder, dat neue Johr met enem Neujohrsempfang, dä sech kicke losse kann, bejrößt wähde.

Nu deht so e Neujohrsjedöns owe aanfange on höht onge op. So'ne „Feine-Pinkels-Fröndeskreis" deht nohm Hotell enlade, angere Prommis treffe sech em Moseom on dä Schmitze Schäng-Pitter on et Kappeskamps Kathring en de Kneip op de Eck.

So'ne Neujohrsempfang moss sin, ejal wo on wie. Prima, do kannste dech jede Owend erjenswoangers kicke losse: För zom Beispell beem Karnevalsvereen „Jeck joot drop", beem Fröndeskreis „Jlobal on lokal", beem Sportclubb „Rongkeröm flöck", beem Kleenjahdevereen „Mösche em Jröne" odder beem Chor „Ons Joldkehlches".

Dobei kann et joot sin, dat mr emmer widder deselwe Lütt treffe deht, die all met de Schnöfnas dobei sin mösse, denn hee aan de Düssel läwe mer doch eso jähn noh däm Motto: Kicke on bekickt wähde!

Dat Besde aan so'nem Ivänt – ohne Anglizismen, dat send englesche Usdröck, löpt hüttzedaach nix mieh – es jo, dat sech emmer eener de Spendeer- on Sponsorebux aantreckt. So kammer op anger Lütts Koste sech e lecker Häppke vekimmele on och för lau e Jläske verkasematuckele.

Joot, dat dat neue Johr eso joot anfängt! Mr künnt sech jlatt draan jewöhne. Schad, dat et sojet em Febberwar dann nimmieh jöwt! *(2007)*

Wenterwähder mäkt Spass

Wenter wie als lang nimmieh, dä hät ons am letzde Wocheäng dat rösije Daisy met Ies on Schnee ennet Huus jebraht odder besser jesaht met Schmackes vör de Dör jeschmesse.

Dobei hammer hee am Rhing noch Jlöck jehatt, dat et ons nit eso ieskalt erwescht hät, wie de ärme Nordlechter on de Lütt henge wiet fott en Meck-Pomm. Hee es keene ärme Höhsch mem Ware öwer Nacht em Schnee stecke jebleewe odder mosst si Äuteke en de Schneemasse wie e Osterei söhke!

Bloß fies Ambrasch met de Schöpperei hadde mer hee am Been. Mr es sozesare ussem Schöppe ja nimmieh erusjekomme. Jrad hät mr sinne Börjersteech freijeschöppt – Ömweltfäns schmieße nit met Sallz öm sech eröm – on dat och noch en aller Härjottsfröh, do hät et kooz drop als widder mem Schneie aanjefange, on dä janze Sisyphus-Brassel kunnt von vöre widder aanfange.

Domet bloß kinne flöcke Fooßjänger ennet Rötsche kütt, wor mr dä janze Daach altruestesch-caritatiew am wulacke. Söns künnt dat Äng vom Leed noch e Jipsbeen sin, on dat deht mr jo keenem jönne, och nit däm fiese Möpp von trek näweraan. Leewer häste selwer am Owend nix wie Röggeping vom Schöppeschwenge, äwer doför es och keener usjereschnet vör din Huusdör op de Schnüss jefalle.

Beste 'ne ärme Düwel ohne Jarasch, kannste din Fröhjumminastick jetz drusse make. En halwe Stond fröher opstonn, öm för et Auto rongkeröm frei zo kratze, mäkt mieh Freud als wie en ieskalde Dusch! Treck dech wärm aan on kiep kuul (keep cool)! <small>(2010)</small>

Pänz em Schnee

Kütt Jannewar met Schnee on Ies,
es dat för alde Lütt janz fies.
Doch Blare freue sech wie doll,
kreeje vom Schnee de Nas nit voll.

Jetz könne se widder rodele jonn,
em Hoffjahde odder Aaper Wald,
Papp treckt erop, hät vill zo donn,
so wähd et däm och janit kalt.

De Bahn eraf von janz alleen
rösech flöck met vill Kawupp,
Spass aan dr Freud för Jroß on Kleen,
för Kathring, Pitter, Schäng on Jupp!

Em wisse Schnee e bont Jemös
von Ströpp on Pänz on Blare,
rod es de Nas on kalt de Fööß,
doch höht mr keenem klare.

Schneebäll fleeje krütz on kwer,
bes de Häng send rod jefrore,
met Schmackes jeschmesse hen on her,
bes dä Jupp de Schlacht hät verlore.

Met heeße Bäckskes owends em Bett
bäde de Pänz möd on kapott:
Loss et morje – beste so nett? –
widder vill schneie, leewer Jott!   *(2009)*

Matsch vör de Dör

Tauwähder! Dat Wentermärche, öwerall schön wiss on fies jlatt, es eesch emol vörbei. Doför hammer jetz leckere Matsch rongkeröm op de Stroß … on aan Schoh on Stiwwele.

Domet semmer och als beem Thema. Häste dech jetz e paah Frönde enjelade, kannste jlatt met eenem Satz de schönnsde Party ruineere: Könnt ehr üch nit äwe de Schoh ustrecke?

Ki Mensch es doll drop, op Söck zo danze – die villeech och noch Löscher hannt – odder en fremde Schluppe! Domet es doch jede Stemmong rubbeldikatz em Emmer!

Hät mr bloß zom Müffele on Süffele enjelade, könne de Jäst natörlech prima de Söck odder de Schluppe onger'm Desch verstecke on sech jemötlech on jenösslech dinne selwsjefriemelde Düsseldorwer Sennefrostbrode on de Pann Ähdähpele op de Zong zerjonn losse.

Em Momäng, en de Tauwähdersäsong, es doch so'n Enladong op Söck prima. De Jäst föhle sech direktemang wie zo Huus, on Huusfrau odder -mann hannt kinne Schneematsch en de Bud op'm Perser (on vör allem och nit dä Driss von de Frau Kappeskamp ehre Fifi ussem Nohberhuus!). All dat, wat fies nass on dreckelech es, bliewt schön drusse.

Morje Owend ben ech beem Renee-Juido, so'nem Etepetetche, op de Jebohtsdaachsparty enjelade. Ech weeß jetz als, wat dä säht, wenn däm sin Jäst op de Matt stonnt. Ech hann äwer nix zom Aantrecke, met däm ech op Söck odder Schluppe en bella fijura make künnt! Sollt dat Matschwähder aanhalde, donn ech eenfach afsare *(2011)*

WSV odder SALE

Wä jetz noch nit weeß, wat dat es, dä moss op enem angere Stähn läwe! Dat eene jöwt et eejenslech so joot wie nimmieh, on dat angere dehste em Momäng öwerall fenge.

Nu pass ens op! Also, dä sojenannde Wenterschlussverkoof hät mr offiziäll schonn lang afjeschafft. Op'm Papeer es dä so joot wie fott, äwer en de Koofhüüser on Buticke mäkt dä sech jetz schonn siet Woche briet on heeß SALE. Denn ohne englesche Usdröck löpt hüttzedaach nix mieh. Och wenn eener dat vörnähme Oxford-Englesch von de Kween nit jeliert hät, weeß dä hütt direktemang, dat mr em SALE prima shoppe jonn kann. För wennech Moppe wähde nu Kaschmirongerbuxe, Dauneplümohs on Fondühpött onger de Lütt jeschmesse noh däm Motto: Fott domet, bruche mer nimmieh, alles moss erus!

Manschmol esset koom zo jlöwe, wat sech de Werbong so alles enfalle lösst! Jrad hann ech doch en de Schadow-Arkade op en Schaufinsterschief von so'nem Klamottelade för Kähls jeläse: Männerschlussverkoof. Wie sommer dat denn nu verstonn? Jetz hann ech äwer ene Hoope Hummele em Hemp. Do moss ech trek emol flöck henjöcke. Wenn Mannsbelder em WSV verkloppt wähde, moss ech direktemang met de Nas dobei sin. Dat dolle Schnäppke soll mech nit dörch de Lappe jonn. So'ne staatse Kähl för Appel on Ei kritt mr doch nit alle Daach.

Äwer wenn dat ene Ladehüter es, dann well ech däm nit. Dodrop könne se selwer setze bliewe! Sojet könne se behalde! *(2011)*

Schnäppke, wo beste?

Halali es aanjesaht! Lommer op de Jachd jonn! Nä, ech well nit op ene flöcke Has odder ene leckere Bambibock scheeße. Ech moss jetz henger de Schnäppkes her jare, on dat op Düwel komm erus.

Dä eejensleche Säsongschlossverkoof von fröher deht et jo aanjäwlech ja nimmieh jäwe. Nä, doför kannste jetz aan jede Finsterschief dat Wohd SALE läse. Kooz on knapp on joot zo merke.

Koofhüüser, Läde on Buticke rabbelvoll, on wä Been hät, moss jetz henger de Schnäppkes her loope.

Ohne Kawenzmannsrabatt löpt nix. Mr wör jo och mieh wie dusselech bekloppt, wemmer sech jetz, wo et och so fies kalt es, nit de wärme Kaschmirongerbux, die söns lecker düer us de Schweiz importeert noh hee kütt, för Appel on Ei jönne wöhd! Nä, do deht mr et doch zo Huus nit ushalde, wemmer en de Buticke de Klamotte nohjeschmesse kritt!

Ech moss hütt och direktemang lossloope on mech en dat Jewöhl on Jedräng erinschmieße, öm för mech noch ene Pelzpalletoh för wennech Penönzkes zo erjaddere. Äwer bloß en Imitazzijohn, söns donnt sech de Lütt widder opräje so wie alle Johr widder bei ons Venezija, wenn et em Fell erömhöppt!

Wör dann doch bloß och emol jrad ene Fottejraf von de Press met de Nas dobei! Dann künnte se mech met minnem dolle Schnäppke all am angere Daach en de Ziedong bekicke! Nä, wat schad, dat ech nit et Venezija ben!

(2009)

Stronze

Wenn dat eenzije Kengk von so'n Mamm ene Jong es, dann es on bliewt dä emmer ene Wonderknubbel e Läwe lang. Dat fängt als em Kengerware on Sangkkaste aan on höht eejenslech nie op.

„Mi Schängelche kann met eenem Johr loope wie e Döppke, on schonn janz ohne Pämpers", verzällt stolz et Schmitze Treske.

„Minne Juppemann deht als Radschlare wie 'ne Alde, kann schwemme wie e Stacheldickze on dat met zwei Johr", stronzt et Vötz' Fiona.

„Minne dreijöhrije Pitter jöwt morje dat eeschte Blockflötekonzert en de Tonhall", röpt nu et Primelbecks Pia.

Drissesch Johr drop höht sech dat Trio nu so aan: „Minne Schäng brasselt als Prommi-Arschitecktt en Dubai on deht denne Muselmännekes emol vörmake, wie mr op Sangk baut. Jede Woch schriewt hä mech ene Breef von fönnef Sidde!"

„Watte nit sähs! Dat es doch janix! Minne Jupp, ene Super-Inschenjör, zeicht denne Russkis en Sibirije, wie en Öl-Paiplain uszosenn hät. Jede Owend deht hä met mech, sin leewe Mamm, stondelang telefoneere."

„Jo, on? Minne Pitter, mi Liebche", stronzt nu et Pia, „es en Nju Jork op de Wall Stroß Moppe-Makler on deht denne Ammis de Penönzkes sorteere. Äwer sin Mamm kann hä dodröwer nit verjesse. Jede Daach litt dä Jong beem Psüschijater op de Kautsch on es bloß öwer mech am verzälle, on dat sojah stondelang! Do sid ehr platt, wat?"

On wie, do fällt eenem nix mieh en!   (2010)

Öwer Hongk on Stähz

Min Omma selech hät fröher emmer janz dolle Spröch drop jehatt. Als kleene Pänz hann ech offt öwerhaups nit jewosst, wat se domet jemeent hann künnt. Johrelang hann ech ehre dröje Kommentar em Kopp behalde, on eesch vill späder es mech dann dat beröhmde Lecht opjejange.

Prima jefalle hät mech schonn als Ströppke de Omma ehre Satz: „Kütt mr öwer dr Hongk, kütt mr och öwer dr Stähz". Als Kengk hann ech mech dann emmer vörjestellt, wie ons janze Famillich öwer so'ne Kawenzmannshongk, Bernhardiner odder Dogge, am höppe wor on eesch henger däm sinne Stähz als widder op de Ähd optitsche sollt.

16

Enzwesche weeß ech janz jenau, wat dä Sproch ons sare well: Häste et erjenswie henjekritt, met enem janz dicke Brocke – däm Hongk – fähdech zo wehde, bruchste dech för e kleen Krömmelche – däm Stähz – och nimmieh doll zo make.

On wat heeß dat nu hütt? Wat well dech so'ne Sproch verzälle? Häste för zom Beispell dörch dat janze Moppedebakel, de Finanzkris, ene dicke Pöngel Penönzkes (Hongk) verlore, kannste met däm beske (Stähz), watte noch häs, och noch joot henkomme.

Fies fatal äwer künnt et sin, wenn öwerhaups kinne Stähz mieh öwerjebleewe es. Dann deht och kinne Sproch mieh helpe, on mr moss kicke, wie mr von alleen op de Been kütt, öm för widder höppe zo könne. On dat künnt en janz fiese Ambrasch wähde, denn von nix kütt nix, wie ons ene angere schlaue Sproch säht.

Ech loss trotzdäm minne Kopp nit hänge, denn … et hät noch emmer joot jejange! Dat es doch sowieso dä schönnsde Sproch, däm mer hee am Rhing hannt! *(2009)*

Schenke mäkt jlöcklech

Nu well dat kleene Tanja-Treske von de Omma e Musickinstromäng hann, am leewsde e Klawier. Sinne Broder, dä Schäng-Pitter hät letzdes Johr vom Oppa e Schlachzüch jekritt. Sietdäm wohd äwer dä Oppa nimmieh eso offt von sin Schweejerdochter enjelade.

Wie hä dann doch emol widder do jewäse es, hätte natörlech direktemang nohjefrocht, wat däm Jong sin Trömmelkes make on of hä och jede Daach dodrop am erömkloppe wör.

„Dat wor dat besde Jeschenk öwerhaups", meent dä kleene Schäng-Pitter, „De Mamm jöwt mech jedes Mol drei Euro, wenn ech et nit donn!" Do wor dr Oppa platt! Nu mäkt jo so e Piano nit so'ne fiese Radau wie e Schlachzüch. Äwer wenn ech mech vörstell, wat för ene Pöngel von wisse on schwatte Taste so e Klawier hät, on wie offt mr dodrop donäwe haue kann, wemmer dat jrad eesch am liere es, dann komm ech doch e beske aan et Öwerläje. So'ne Brassel well ech dann doch däm ärme Ströppke nit aandonn.

Äwer öwerhaups ki Instromäng, dat jeht och nit! Jrad hann ech doch en so'n interlecktuälle Psüscholojie-Ziedong jeläse, wie doll schlau dat Instromäng-speele-könne ons Kenger make kann. Von nix kütt nix, dat weeß jo jeder, on dröm sorje mer jetz och doför, dat et fröh jenoch kütt!

Joot, dann kritt dat Rotzech äwe von de Omma en Blöckflöt, die deht och besser en dat kleene Kengerzemmer erinpasse, on se hät bloß acht Löscher. Do kammer och nit eso vill donäwer tippe wie op so'nem Piano, on dat Speelekönne fluppt vill flöcker! On öwerall metnähme, öm för drop zo öbe, kammer dat Dengen och.

Nu kann de Omma bloß hoffe, dat se sech met däm Jeschenk nit ennet familijäre Fettdöppe erinsetzt on dat mr se och noch enlade deht. *(2010)*

Dä leewe Jott es polyjlott

Em alde Testamäng dehste de Jeschecht fenge, wie de Mensche domols en Babylon ene Kawenzmannstorm am baue woren. Nä, wat för ene Jrößewahn äwer och! So'n

Stronzebühdelei wor ons Härjott zovill. Mr kann och alles öwerdriewe, hätte sech jesaht on sin Menschekenger ene Hoope von Sproche erongerjeschmesse, so dat se sech nimmieh ongerenanger hannt verstonn könne, on met de Brasselei am Torm wor et vörbei. Dä!

Nu hammer hee op de Ähd vill Sproche on Dialeckte, die mer bubbele on och bäde on senge könne. Ech kann mech nu öwerhaups nit vörstelle, dat dä leewe Jott dojäje och bloß e beske jet hann künnt, wemmer för zom Beispell op Platt en Mess halde, em Jäjesatz zom dröje Kardinalskäppke us Kölle, däm Meisners Jochem, dä dat nit verknuse kann.

Wie offt säht mr hee, on dat schonn siet Jenerazzijohne, dat ons Platt en Sproch es, die ussem Hezze kütt. Woröm sollt ech mech denn nu ene stiefe Deu aandonn, wenn ech en so'n Mess mem leewe Jott spreche möhd?

Fröher hät mr en de Mess noch op Lating jebädt on jesonge, wat bloß stodeerte Schlauköpp hannt verstonn könne. Ech hann doch als kleene Pänz emmer verstange: Dommes, wo bist du? Wenn vöre am Altar dä Paster jeroofe hät: Dominus vobis cum.

Joot, dat mr hütt en de Kerk bäde könne, wie ons dä Schnabel jewahse es. Och wenn dat däm rode Käppke us Kölle nit noh de Mötz es, dat es mech piepejal! Ech donn en de nächsde Mess bäde:

Vatter em Hemmel, wo ech jonn on wo ech stonn,
dehs du Härjott mech verstonn.
Loss mech nie stonn em Räje
on jöw mech dinne Säje! Amen

Minne leewe Jott es polyjlott, dat weeß ech jenau. *(2008)*

Schriewe odder Schwahde

Et Merkels Ändschi hät ons en sinnem Neujohrsverzäll vörjeschlare, em neue Johr de Händis öffters uszoschalde on nit wie em letzde Johr am leewe lange Daach bloß SMS zo verschecke. Dat moss mr sech jrad ens von enem Fräuke onger de West deue losse, dat selwer jede Daach mieh wie zwanzeschmol am simse es!

Ech hann mech dä SMS-Schoh sowieso nit aanjetrocke, denn mi Händi es de miesde Ziet nit opjelode odder et litt zo Huus eröm, weil ech emol widder verjesse hann, et en min Täsch zo stecke. Dat Telefoneere met däm Dengen jeht mech als offt jenoch op dr Keks. Emmer dann wenn et nu öwerhaups nit passe deht, wenn ech för zom Beispell aan en Kass stonn on jrad min Moppe am zosammesöhke ben, jeht dat Klengele loss, on ech moss en min Täsche erömkrose, öm för dat verdammpe Dengen eesch emol zo fenge.

Dat Schriewe domet, also sech per SMS nix wie kooze Satzbröckskes enfalle losse, jeht mech noch vill mieh op dr Senkel. Nä, vill leewer donn ech doch janz jemötlech ene lange Verzäll zo Huus op de Kautsch am Telefon make, de Fööß fuul op'm Desch jeläht on treck stondelang anger Lütt dörch de Zäng. Lang bubbele on schwahde es vill schönnder wie kooz op kleene Taste erömtippe! För en eschte Schnäbbelschnüss es simse nix! *(2007)*

Wat soll dä Kwatsch?

Em öwerall bekannde Rheinesche Jrondjesetz heeß et eso schön: Et es, wie et es! Dann lösst mr äwe alles beem Alde. Et heeß äwer och: Wat soll dä Kwatsch? On dann hät mr de Nas jestreche voll on moss wat donn.

De Nas voll hät jetz ons Börjervereen „Alde Düsseldorfer" on frocht sech: Wat soll dat? Jede Owend, wemmer sech en de Jlotzkest de Wähderkaht am bekicke es, kammer prima von jedem Bondesland de Metropol läse. Doch wat deht do rotzfresch för NRW stonn? KÖLLE! Ech jlöw et eenfach nit.

Nu wolle de „Alde Düsseldorfer" bei de ARD emol aankloppe, öm för denne usenangerzoklamüsere, dat Kölle, och wenn et ene Dom hät, janit de NRW-Metropol es. Do moss mr doch emol däm Haupsmakadores op de Chefetasch von dr ARD op de Spröng helpe, domet dä noch emol sin Huusopjawe rechtech mäkt.

Deht mr öwer de Autobahn jöcke, hät mr sech jo als lang draan jewönnt, dat mr nerjenswo op so'nem blaue Scheld dat Wohd Düsseldorf fenge kann. Doför wähd dech äwer schonn henge wiet bei de Bajuware on hee de Eck eröm vör Arnheem bröhwärm jesaht, wo et noh Kölle jeht.

Och jede Owend op de Wähderkaht well ech dat Wohd nimmieh läse mösse. Wat soll denn dä Kwatsch? Do moss Düsseldorf för NRW stonn, söns mak ech de Jlotzkest us, on de ARD kann mech jeklaut bliewe. Dä! *(2009)*

Wibbel widder op de Böhn

All die Lütt, die wo schonn ene Pöngel Jöhrkes op'm Bu-
ckel hannt, könne sech noch dran erennere, dat domols
hee em Schauspeelhuus – dat es noch op de Jahnstroß je-
wäse – däm Müller-Schlössers Schäng sinne Schnieder
Wibbel op de Böhn am erömhöppe wor.

Nä, wat es dat als lang her! Wie schön esset nu, dat mr
sech jetz dä Wibbelstähz noch emol hee op de Böhn aan-
kicke kann. Natörlech moss dat Mäuzke vom Wibbels
Anton bzw. Tünn hütt janz angers jespeelt wähde als wie
fröher.

Mr hät jo de Hangk am Pulsschlach von de Ziet, dröm
kömmer vör Jlöck sare, dat nit trek e Mjusical drus jemaht
wohde es. Doch so e beske Musick dobei deht däm alde
Mäuzke joot on hädden secher och däm alde Müller-
Schlösser prima jefalle. Wie dat hütt eso öwerall es – ech
sach bloß Emanzipazzijohn – hät natörlech däm Wibbel
si Fräuke de Bux aan. Däm rösije Finche si Lockeköppke
es rabbelvoll met usjefallene Enfäll, so dat dä Wibbels
Tünn statt fies fott em Kaschott zo hocke et sech lecker je-
mötlech em Kabüffke zo Huus make kann. Owe drop
hätte dat Jlöck, sech sinne eejene Leichezoch ze bekicke,
on wä kann dat schonn?

Dä Wibbels Tünnemann alleen wör nie us de Bredull-
je erusjekomme, wenn nit si Fräuke met ene Hoope En-
fäll em Kopp on vill Hummele em Hemp dat Dengen je-
retzt hädden.

Schonn domols 1913 esset so jewäse jenau wie hütt.
Nit bloß op de Böhn, och em rechtije Läwe wören doch
de miesde Mannslütt ohne ons Frollütt fies opjeschmes-
se odder nit?

(2011)

FEBBERWAR

Möhne send loss

Nä, wat wor dat jester för ene dolle Altwiewerfastelo-
wend! Dä Pitter aan de Hemmelspootz, dä do owe för et
Wähder zoständech es, moss och ene Karnevalsjeck sin.
Möngkesmoß hät hä nix wie Sonnesching erongerje-
schickt, domet hee aan de Düssel alde on jonge Möhne
eso rongkeröm de Post kunnten afjonn losse.

On wie se dat jedonn hannt! Ons ärme OB, dä von
Huus us sowieso kinne rösije Dropjänger es, hät rubbel-
dikatz, sech dat Zepter em Rothuus us de Hangk afnäh-
me on de rösije Radieskes höppe losse. Wat wor dat för en
jecke Schonkelei on Danzerei, dat et selws däm alde Jan
Wellem op sinnem Kawenzmannspähd angs on bang je-
wohde es. Dobei hät hä doch ja kinne Schlips öm jehatt,
dä ehm afjeschnibbelt wähde kunnt.

Doför hannt äwer ene Hoope Mannsbelder de Krawatte jähn aan mansch rabiate Möhn verlore. Wenn mech dat nit och schlaue Tacktick jewäse es, dat Dengen zo drare. Denn ehrlech jesaht hät mr doch met Schlips vill flöcker e lecker Mädche am Hals als wenn mr mem Rollkrarepulli op de Roll jejange wör.

Wenn dann dä Manes-Renee för sin afjeschneddene Krawatt direktemang e Bützke kasseere kann, deht hä sech doch jlatt noch ene Schlips us de Buxetäsch trecke on ömbenge, sozosare als Enladong zom Afschnibbele. Denn de nächsde leckere Möhn kütt bestemmp, on mr soll sech doch nix entjonn losse!

Nu weeß ech och, woröm ech minnem Hezzblättche sin alde Krawatte von anno pief nit en dä Möllsack schmieße darf. Nä, Liebelein, die bruch ech doch noch, wenn widder Wiewerfastelowend kütt! *(2011)*

Karneval deht öwerall joot

Enä, wat es dat herrlech, dat jetz hee de drei dolle Daach op de Matt stonnt! Sozesare als Tüppelche op'm i, denn bes hütt hammer jo och schonn ene Hoope von Fastelowendsjedöns, d. h. een Setzong noh de angere met Remmidemmi on Helau henger ons jebracht odder öwer ons erjonn losse mösse.

Nu kannste noch emol bes Äschermeddwoch met Kawuppdesch de Post afjonn losse, on dat natörlech en enem Kostömche, dat et en sech hät. Et Fiona-Finche höppt als Danzmarieche eröm on wor als wochelang et Schmieße von Bützkes on sinne Spajat am öbe. Marieche es em transparente Hemp (ki Outdoor-Kostöm!) öwer de Haremsschlabberbux op Jöck, öm för sech ene staatse Sultan zo söhke. Schäng-Döres deht sech ene rösije Pirate-Deu aan on hät sech e Loch en de schwatte Ooreklapp jemaht, domet hä sech nit fies verdonn kann on us Versenn en ahl Möhn am aanbaggere es. Charly-Drickes mäkt op Tarzan em Tijerpalletoh on kütt domet sojah drusse trek ennet Schwetze, bes hä dat rechtije Jane jefonge hät.

Wä met Pappnas on Hööutche nix am Hoot hät, also Schiss hät, sech mem Helau-Bazillus aanzostecke – dä kann äwer jaranteert nit hee aan de Düssel jebore wohde sin –, kann sech och am Kahle Aste en Anjina aanbrassele odder sech ene Pips fange bei de Blomezwibbelezöchter am Ijsselmeer.

Jede Jeck es äwe angers, äwer drissejal wo mr es, wärm aantrecke sollt mr sech hee wie do. Denn lecker fies kalt esset em Momäng öwerall. Helau! *(2011)*

Alaaf em Vatikan

Wat sähste nu? Ech sach jetz emol janix. Mech hät et jlatt de Sproch verschlare! Nä, ech kann nimmieh! Et Dreijestern es op Jöck noh Rom. Dat jecke Trio us Kölle deht sech em Vatikan ene fromme Deu aan.

Wie de drei Weise ussem Morjeland donnt se och noch Presentches metbrenge, hänge däm hillije Vatter ene Orde öm on deue ehm och noch Flönz on Schwazzbrod en de Häng. Dä söns so stiefe Benedikt soll janz ussem Hüske jewäse sin on „Colonia grandiosa" jeroofe hann. Do kannste emol kicke, wie flöck so'ne jecke Bazillus aanstecke kann! Selws jeistleche Mannslütt send dojäje nit immun. Wat sähste nu?

Joot, mr moss och jönne könne, och wenn et Kölsche send! Äwer wat meenste denn, wie dä Benedikt vör Freud am höppe jewäse wör, wenn hee von de Düssel ons lecker Venezija met sinnem staatse Prenz dä janze Vatikan doll jemaht hädden?! Dann wöhd dä hillije Vatter nemmech direktemang „Mama mia, Venezija meravigliosa belissima!" jeroofe hann. On wenn ons bella ragazza dann och noch Bützkes en dat Publikom drömeröm schmieße wöhd, dann wör äwer flöck em janze Vatikan Jubel em Döppe.

Nä, dat jeng doch nit! Süht mr so e lecker Mädche trek vör de Nas, künnt mr jo och jlatt op so'n dolle Idee komme, däm Zöllibat emol widder en Froch zo stelle. Nä, nä, dat jeng doch werklech nit!

So, nu weeßte, woröm ons Meisners Jochem leewer bloß för jecke Mannslütt en Audijenz arrangscheere deht. Schad, äwer och! Eemol „Benedikt helau" deht doch dreimol besser klenge als wie och bloß eemol alaaf! (2011)

Nix Colonija – Viva Venezija!

Enem Düsseldorwer Öhrke mäkt et escht Ping, wenn et sech em Karneval erjenswo aanhöhre moss, wie de Lütt schmeddere: „Do semmer dobei, dat es prima! Viva Colonija!" Au weia! Dat deht fies wieh!

Dröm donnt nu schonn janz vill Düsselpatriote dat dusselije Colonija eenfach schlabbere on senge stattdesse „Viva Venezija!" Wat eenem ehrlech jesaht em Ohr nit wieh deht on och wie Roseöl öwer de Zong erongerjeht.

Häste dech schonn emol jefrocht, woher dat Wohd öwerhaups kütt?

Nu pass ens op! Däm alde Jan Wellem si Fräuke Nr. zwei wor jo dat Anna Maria Luisa, däm alde Cosimo, däm dredde, si lecker Rotzech us Florenz. On dat hät fröher hee am Hoff de Poppe danze losse. Do jeng janz lecker rösech de Post af, do jeng mieh als wie bloß e Trömmelche. Et jow eene Maskeball nohm angere, on dat janze jecke Jedöns natörlech noh däm Motto: Karneval wie henge wiet fott en Italia, wie en Venezija! En so'nem piekfeine Doschepalazzo hannt se sech schonn en de Kostömches jeschmesse, do hammer hee aan de Düssel noch janit jewosst, wat en Pappnas wor!

Schad, dat dat Änne-Marieche-Wiske nit hütt noch hee dat jecke Zepter am schwenge es, denn so e beske itallijänesch Ambijänte wör och hee aan de Düssel noch dat rösije Tüppelche op'm jecke i.

För min Öhrkes klengt dat Viva Venezija wie Musick on dreimol besser als wie Helau. Äwer wie dat dusselije Alaaf sech aanhöht, dat well ech hee leewer janit sare. Dat kütt mech nemmech fies schwer öwer de Zong! *(2006)*

Klöngel kenne mer nit

Wellste dech emol schlau make on dehs em Wöhderbook nohkicke, kannste erusfenge, dat et dat Wohd Klöngel schonn siet 1782 jöwt, on dat natörlech wo? Du sähs et, en Kölle! Kölsche Klöngel es sietdäm eso bekannt wie ene bonte Hongk, on dat öwerall, nit bloß lokal. Vör Klöngeleie hät och ons Jlobaliseerong nit Halt jemaht. Klöngele donnt de Lütt enzwesche jähn, on dat nit bloß am Dom, och drömeröm.

Mer kenne ons, mer helpe ons henge eröm mem Höhnerkläuke odder sojah rotzfrech direktemang. Noh däm Motto „Een Hangk wäscht de angere" jeht so'ne Klöngel hen on her on widder retuhr, wobei et och nix mäkt, wenn so'n Hangk nit jrad propper jewäsche es.

En Kölle säht mr bes hütt: So'ne Klöngel besorcht däm eene e Pöstche, däm angere e Ämpche on däm dredde en Frau met vill aan de Fööß.

Nu kunnt mr hee en de Ziedong läse, dat Kölle, wat jo för ons nix Neues es, usjereschnet met Düsseldorf – do beste äwer platt – jeklöngelt hann soll. Kann mech eener emol verzälle, wat öwerhaups ene Kölsche, och wenn hä Börjermeester es, met ons Stadtsparkass zo donn hät? Of do nu jet henge eröm jeloope es, domet hannt jetz angere ene leckere Brassel am Been, öm för dat eruszoklamüsere.

Woröm fröcht mech eejenslech keener noh enem schlau-enjefädelde „Beraterverdrach"? Ech wöhd sojah för vill wennijer Moppe joode Tipps jäwe. Äwer mech well jo keener. Schad äwer och!   (2009)

Tipps för Valentin

Wenn eener jetz noch nit weeß, dat mer am Monndaach Valentin fiere, dann moss dat äver en Schlofmötz sin, äver wat för een! Kin Ziedong kannste mieh opschlare, en ki Schaufinster kannste kicke, ohne dat dech dä Valentin en de Oore am höppe es.

Wenn mr jlöwe kann, wat mr sech över de Johrhonderde so am verzälle wor, dann soll et anno dunnemols bei de alde Römers ene hillije Valentin jejäve hann, dä emmer Blömkes us sinnem Jahde verschenkt hät aan Lütt, die lecker verknallt woren odder hierode wollden.

Am 14. Febberwar, däm Valentin sinne Namensdaach, send nu nit bloß de Floreste, och angere Jeschäfftslütt Morjeloft am wittere, on dat jedes Johr widder. „Losst

Blome spreche!" Noh däm Motto moss mr nu am Monn-
daach sinnem Liebche rode Rose en de Häng deue odder
e Pralinedöske, dat deht och! Wäm dat zo bellech es, dä
kann och met enem Hezz us Brilljante am jüldene Hals-
kettche stronze, domet et Fiona-Finche weeß, woher dä
Wengk am blose es.

Met enem romantesche „Cändellait-Dinner", d.h.
Müffele on Süffele met Kähze drömeröm, kannste och
dinnem Juido-Jünter sare, datte di Een on Alles es, di le-
cker Hezzblättche.

Beste kniepech on wells leewer dinne Duume op de
Moppe halde, dann donn dech eenfach ene poetesche
Deu aan on schriew e Jedecht op:

Liebche, du bes minne Owendstähn,
ech hann dech zom Fresse jähn!
Ohne dech kann ech nit läwe,
loss mech op ewech aan dech kläwe!

Loss dech emol von de Muse bütze on wahd af, wie dat
aankütt! Min Omma selech hät emmer jesaht: Dat
schönnsde Jeschenk es selwsjemaht! Na also!   *(2011)*

Olympija op'm Sofa

Nä, wa es dat herrlech, dat mr sech em Momäng jede
Daach stondelang dat janze Olympija-Jedöns henge wiet
fott us Kanada en de Jlotzkest aankicke kann, on dat je-
mötlech zo Huus op'm Sofa! Mr hät e lecker Jläske on en
Kump mem Knabberzüch vör sech stonn, kann fuul de
Fööß hochläje on lösst de Athlete sech en Ies on Schnee
afbrassele.

Häste schonn jesenn, wat so ene Schisprenger för e Rebbejestell es? Wenn dä nit e Läwe lang fies op Diät wör, künnt dä jo och janit wie en Mösch so wiet dörch de Loft fleeje, dä ärme Höhsch! Doför hät so'ne Ieslööfer äwer Muskele am Been,von denne kannste op dinnem Sofa bloß drööme!

Ech weeß janit, wat ech leewer donn wöhd, wie ene Bletz öwer de Pist jöcke odder elejant met Stöck en de Häng on Bredder aan de Fööß met Schwong on Schmackes op Skating make. Bloß nit dörch de Loip rötsche, dat es fies fad!

Wenn ons Joldjonges on -mädches dann öwerjlöcklech op däm Treppche stonnt on et Metall ömjehängt kreeje, deht mr jlatt hee vör Freud och vom Sofa höppe. Denn e beske Bewäjong soll och joot donn!

Bloß dat Jebröll en dat Mikro erin von denne Kommentatore, kann ech nit verknuse. Ech drieh denne jetz eenfach dä Ton af, donn ene Walzer vom Strauss' Schäng opläje odder loss de Athlete noh en Mozart-Musick fleeje, fletze on falle. Dann häste escht e Olympija-Hailait för Öjelches on Öhrkes! *(2010)*

Afspecke deht joot

Kickste op dr Kaländer, dann weeßte, dat jetz Fasteziet vör de Dör am stonn es. Dat es sozesare so ene Fröhjohrshuuspotz för drenne, för all de ennere Orjane, die mr met sech am erömschleppe es.

Kickste en de Printmedije, dann weeßte, dat jetz Afspecke op Düwel komm erus aanjesaht es. Do deht dech so'ne Schlaukopp schwazz op wiss verzälle, dat de Speckröllekes öm de Taillje eröm, die jetz fies fott es, odder öm dr Buck eröm, dä jetz lecker do es, dech dat schöne Läwe jlatt rubbeldikatz öm e paah Jöhrkes köözer make. Nä, dat wolle mer doch nit! Doför es doch dat Läwe hee aan de Düssel vill zo schön!

Dommer äwe dä Jöhdel e beske spacker schnalle, wat jo och prima passe deht em Momäng, wo se all öwer de verlore jejangene Moppe am kühme send. Häste nix en de Täsch, kannste och nix usjäwe.

Jank mech fott met Schampus, Rodwing, Rehrögge, Ferkeshax on Läwerwohsch! Fott domet, met all däm, wat lecker düer es on fies fett mäkt! Doför bloß noch wisse Kappessafft zom Entschlacke on e drüch Röggelche jäje waggelije Knie vom Kohldamp!

Häste sojet fönnef Woche dörchjehalde, send all din staatse Klamotte locker flockech öm dech eröm am schlabbere. Wenn nit, mosste zweschedörch emol fies jefudelt hann.

Äwer wenn doch, dann beste e rösech Rebbejestell, dat sech henger 'nem Bessemsteel ömtrecke kann on dat sech op e zehn Johr länger Läwe freue kann!

Äwer dann mösst et och e Läwe ohne Fasteziet sin.

(2009)

Kaffee zom Jonn

Fröher ... es alles vill schönnder jewäse! Nä, wat wor dat fröher en herrleche Ziet! So kannste hütt offt alde Lütt schwärme höhre. Dat litt am Alder, dat mr sech all dat, wat emol jewäse es, nu dörch ene rosa Brell bekickt.

Min Mamm kritt hütt noch jlänzende Oore, wenn se vom Kaffeekränzke beem Tant Trinche verzälle kann. So e Antiekwitätche jöwt et hütt nimmieh.

Fröher hät öwerhaups dat Kaffeedrenke noch jet Jemötleches aan sech jehatt. Lommer noch e Tässke Kaffee zosamme drenke, hät de Omma selech emmer jesaht. Dann hät mr sech en dat Café odder zo Huus op et Sofa jesetzt on jemötlech e beske verzällt, d. h. anger Lütt dörch de Zäng jetrocke, wobei mr sinne Kaffee am schlörfe wor ussem Porzellängtässke.

So'n Ziet jöwt et nimmieh. Wat hät dä alde Wellem Busch emol jesaht? Eens–zwei–drei em Sauseschrett löpt de Ziet, mer loope met.

Jenau eso esset! Hüttzedaach, wo Ziet on Lütt mieh wie flöck am loope send, mäkt sech sojah dr Kaffee op de Socke. Jlobal wie mer all send, kritt mr dat Neue direktemang op Englesch präsenteert: „Coffee to go!" Nu deht sech also Kaffee nimmieh setze, dä deht jonn, löpt sojah met dech, piepejal wohen och. Mem Pappbescher en de Hangk beste am erömjöcke on kanns dech zweschedörch, wo on wann och emmer, e Schlöckske kippe. Bei denne Ies- on Schneetemperatürkes em Momäng es so'ne „Coffee to go" em Pappbescher rubbeldikatz fies kalt. Mäkt nix, Hauptsach es doch, dat mr domet e beske stronze kann: Kick emol, wie flöck, mobil on jlobal-lässesch ech ben!

Nä, jank mech fott met kalde Kaffee on dann och noch en Pappe! Von wäje „to go"! Ech on minne Kaffee mösse sech setze könne. Leewer donn ech mech jemötlech em Omma-Café aan enem heeße Porzellängtässke de Schnüss verbrenne! *(2010)*

Jestrüpp em Jesecht

„Ene Mann moss nit emmer schön sin, dodrop kütt et ja-
nit aan!"

Dat wor ene Schlarer, däm mer fröher jeträllert hannt.
So wiet, so joot! Schön jrad nit, äwer op alle Fäll männ-
lech markant! On jenau dodröm jeht et jetz hee.

Schonn beem Shakespeares Wellem kunnt mr läse:
„Wä ene Baht hät, dä es mieh wie ene Jöngleng, on wä kin-
ne hät, dä es wennijer als wie ene Kähl." Do kannste emol
kicke!

Ons alde Schopenhauer hät sozesare dr Narel op'm
Kopp jetroffe: „Ene Baht medde em Jesecht deht alle Frol-
lütt jefalle!" Jenau, dat esset doch, fröher wie hütt!

Woröm losse sech hüttzedaach ene Hoope Mannslütt
ene rösije Baht stonn? Se belde sech en, dat mer Frollütt
op so e Jestrüpp em Jesecht stonnt on dat se domet eesch
rechtech markant männlech ussenn könne. So e rongke-
röm näckelech Jesecht dojäje lösst doch jede Kähl wie e
ärmselech Schelljöngke ussenn.

Et falle eenem doch trek ene Hoope Dropjänger von
fröher on hütt en, die wo all so'n staatse Böhsch em Je-
secht hadden odder noch hannt: Zeuss bei denne alde
Jreeche mem Backebaht, Asterix mem Schnorres, Schnie-
der Wibbel met sinnem spirrije Hippebaht, dä leckere
Lichter mem Dalí-Spajetti-Schnäuz odder dä Kochlöf-
fels-Lafer met sin Bützkesbrems a la Clark Jable!

Henger so'nem Jestrüpp em Jesecht kammer och vill
verstecke: Falde, Pickele on Hamsterbacke! Häste dat nit
nödech, kannste och met enem flöcke Drei-Daachs-Baht
usprobeere, wodrop Fraue flöck affahre.

Ech sach et doch! Mak vöraan! Wo drop beste noch am
wahde? Nu loss jonn, Schäng-Pitter, loss dech ene Baht
stonn!   *(2011)*

So kannste et och sare

Hüttzedaach deht mr sech jähn janz usjefalle usdröcke. Mr nennt de Sach eenfach nimmieh beem Name, es drömeröm am schwahde, on dann kütt offt ene jeschwollene Kalmeskäu dobei erus.

Dä alde Kohl hät domols emol jesaht: Wechtech es, wat henge eruskütt! Noh däm Motto send ons jo och de Pollitickers von hütt ene janze Hoope am schön schwahde on belde sech och noch en, dat et keener merkt. Äwer doch nit met ons! Och wenn ons eener noch so'ne sahlsöße Schmus verzällt, kreeje mer doch direktemang spetz, wat eejenslech dohenger steckt. So flöck dommer doch keenem op dr Liem kruffe!

Hee en Düsseldorf donnt sech vill Lütt jähn ene vörnähme Feine-Pinkels-Deu aan, besönders wenn se ene Hoope von Personal öm sech erömhöppe hannt. Nu pass ens op! För zom Beispell hannt se kinne Huusmeester mieh, doför äwer ene Objecktmänädscher. För de Proppertät deht ki Potzfräuke sorje, stattdesse ene Hygieneservice on an Boom on Bosch em Vörjahde deht sech dä Landschafftsarschiteckt afbrassele.

Lommer nu de Brasselei emol lenks leeje on kicke ons aan, wie mr ussüht! Och dat kann mr och so odder so sare! Kleene Knubbeldötzkes send Molli-Kids, e opjepäppelt Stochieser es e Mannekäng-Modell on wat heeß schonn opjetakelte Lackaap? Dat es doch bloß ene Kontakscheue, dä prima jestyled es. Also platt jesaht ene Kähl, dä sech janz doll en Schale jeschmesse hät on de Nas hochdräht, domet hä met keenem ene Verzäll aanfange moss.

Sühste, et jöwt nix, wat mr sech nit schön schwahde künnt!

PS: Onger ons jesaht en vollschlanke Rubensfijur es on bliewt för mech ene Speckrämmel! *(2011)*

Annongse löje nit

Häste am Valentinsdaach och all de leckere Annongse en de Ziedong jesenn? Schad, dat mr nit jede Daach so'ne Hoope Schmus läse kann!

Hüttzedaach es jo dat „Outing" schwer „in". Dörch de Medije moss mr erusposaune, aan wäm mr si Hezz verlore hät, on woröm soll mr denn nit janz Düsseldorf op de Nas benge, wie dat Hezzblättche heeß?! Enä, Annongse könne nit löje! Do deht et doch stonn schwazz op wiss:

„Schmusebär, du bes mi Läwe, kinne angere kann et för mech jäwe! Dat donn ech dech flöstere en di Öhrke on ben op ewech di Hannelörke."

„Ech hann dech för mi Läwe jähn, dat säht dech Döres-Pitter, dinne Owendstähn!"

„Schnuckelschätzke, Ann-Kathring, bes och em Düstere däm Döres sinne Sonnesching!"

Nu wesse mer endlech all, dat et Trinche doll es op sinne Schäng on dat dä Manes dräht et Fiona op de Häng.

Wat hät fröher min Omma selech emmer jesaht? Nix es eso schön on deht brenne so heeß, wie e Fisternöllche, von däm keener wat weeß.

Nä, Kengk, so e Kröske moss mr nit jedem op de Nas benge!

On wat so sahlsöße Ziedongsannongse aanjeng, do hät se och trek ene Kommentar parat jehatt: Mr soll nit alles jlöwe, wat so en de Ziedonge steht! Papeer es jedoldech! *(2008)*

Dä Vörhang es opjejange

Wo? Em Opernhuus, wo denn söns! Länger als wie e janz Johr mosst mr sech henger de Kniebröck am Rhing em Provisoriom op onjemötleche Sitzplätzkes Röggeping hohle. Wie offt hammer do fies schwetze mösse, wenn et heeß on de „äir-condischen" nit jefluppt hät! Äwer all dat hammer nu henger ons. Kühme on Klare vörbei!

Am Wocheäng es dr Vörhang opjejange, ene Jenoss för Öhrkes on Öjelches! Ki Wonder, denn dat janze Ömbau-jedöns hät jo och mieh wie drissesch Millijöhnches jekost! Wat nix kost, dat es och nix. Dat säht mr jo nit för ömmesöns hee bei ons Stronzebühdelches vom Rhing.

Op de knallrode Stöhlches – die och nimmieh knacke on knarze – kannste de Been jemötlech usstrecke on jeneeße, wie et Orchester onge herrlech am tröte, zuppe, blose, fiedele on op de dicke Zing am kloppe es.

Owe op de Böhn send Sopran on Tenor em Duett dat höhe C am söhke on Bass, Bariton on Alt donnt sech jet brumme.

Wat wor dat en prima Idee, de neue Säsong met min Favoritte-Opera aanzofange! Däm Verdis Jupp si herr-lech-bedröppelt Stöckske „ La Traviata"! Nä, wat för e Melodram!

Moss denn dat lockere Vöjelche, et Violetta, usje-reschnet si Hezz aan däm Alfredo us so'n Feine-Pinkels-Famillich verleere? Ki Wonder, dat däm sinne Papp dat Fisternöllche janit noh de Mötz es on däm ärm Mädche usenangerklamüsere moss, wat et zo donn bzw. jefäl-lechst zo losse hät. „Adschüss, mi Leckerke, mi Hezzblätt-che! Ciao, ciao caro Alfredo!" schriewe on fähdech!

Am Äng es dat ärme Dier fies krank, moss moddersee-lealleen ohne si Liebche de Öjelches för emmer zomake. Joot, dat ech emmer ene Pöngel Täschedööker bei mech bei hann, wenn et Traviata jöwt! Ehrlech jesaht, wäm do-bei nit et Wasser en de Öjelches am stonn es, dä moss e Hezz us Steen hann!   (2008)

Othello – dä Schwatte us Venezija

Joot, dat hee bei ons aan de Düssel öffter emol widder jet Neues jöwt!

Nohdäm mer hee nu johrelang ons em Thiater Stöcks-kes aanjekickt hadden, die emmer von een on dämselwe Könslerkopp usjesöhkt wohde wore, hät nu för de neue Säsong och e neu Fräuke hee dat Sare.

Wat op de Böhn jespellt wähd, es af jetz von henge bes vöre modern, d. h. däm Jeist von de Ziet von hütt aanje-passt.

Othello, dat Mäuzke von däm Schwatte us Venezija, hann ech mech dies Woch aankicke mösse. Leck mech en de Täsch, dä ärme Shakespeares Wellem wöhd sech onger de Ähd en sin Kest eröm driehe! Dä wöhd werbele wie ene Mixer en de Kösch! Joot, datte dat nit mieh erläwe moss, dä ärme Kähl!

Dä Othello, däm mr all als Kawenzmannsjeneral kenne, wohd von enem Sparjeltarzansjöngke jespellt. Et Desdemona, dat all de Mannslütt raderkastedoll make sollt, wor bloß e kleen Himke, dat met Storchebeen dörch'm Sangk am stakse wor. En Rambazamba-Beach-Party, wo se all en de Badebux erömhöppden, wor dat Tüppelche op'm i. Dröm kunnt dä ärme Othello si Liebche am Äng och nit em Heiabettche mem Koppkesse erstecke, so wie hä dat fröher jedonn hät.

Nä, do jow et en angere Variazzijohn: Hä hät dat Mädche fies lang onger Wasser deue mösse, bes et am japse on am Äng dod wor. Nu donn dat emol met enem Mädche, dat sech och noch am währe es, ohne dat et Wasser spretzt on rongkeröm alles klätschnass wähd. De Lütt ussem Publikom en de eeschte Reih kunnten sech trek e Räjemäntelche aantrecke.

Et jeht doch nix öwer jet Neues! Dat Alde es jo zom Jähne, wemmer sech emmer widder däselwe Türelür aankicke on aanhöhre mösst!

Dröm hannt och janz vill Lütt Bravo jeroofe.   (2008)

MÄHZ

Fröhleng vör de Dör

Morje esset eso wiet! Fröhlengsaanfang deht op'm Kaländer stonn. Do fällt mech doch ee Fröhlengsjedecht nohm angere en, wat ech domols als kleen Dötzke en de Scholl hann uswendech liere mösse! Wat sech fröher de Poete öwer so'ne Fröhleng hannt enfalle losse, dat hät schonn jet jehatt! Lyresch-romantesch wie zom Beispell dat hee von däm alde Adelije, däm von Eichendorffs Jupp:

Et wor, als hädde dr Hemmel de Ähd stickum jebützt,
dat se em Blöteschimmer nu von ehm drööme mösst.

Met de Romantick kammer natörlech hütt keenem mieh komme. Dat beröhmde blaue Blömke von de Romanticker deht hütt keener mieh söhke on wöhd dech och nit mieh vom Hocker rieße.

Hüttzedaach moss et cool-realestesch sin. Dröm hann ech mech för min Enkelkenger sojet hee enfalle losse:

De Omma föhlt et als siet Woche,
se hät so e Kribbele en de Knoche.
Se brucht nimmieh lang zo wahde,
dann kann se widder brassele em Jahde.
De Pänz donnt nimmieh vör de Jlotzkest setze,
jetz könne se rösech mem Rädche erömfletze.
Ons Joldfesch hät sin Depressijohne verlore,
dä Hamster föhlt sech wie neujebore.
Rongkeröm send se all am höppe,
Fröhleng hammer on Jubel em Döppe!
Wenn dat kin realestesche Lyrick es, dann weeß ech et nit! *(2009)*

Zwesche de Zeile

Enem angere jet onger de West deue, es escht en Konst. Dat kann nit jeder. Dä eene mäkt et mem Holzhammer on dä angere mem Florett.

Moss mr för zom Beispell enem ärme Höhsch e Zeuchniss usstelle, wat nit jrad prima es, deht mr dat jähn sozesare henge eröm mem Höhnerkläuke, domet et nit so fies opfällt. Hüttzedaach lösst mr sech för so e Zeuchniss Formuleeronge enfalle, die ene ärme Doll von Laie ja nimmieh läse kann. Dat heeß, läse kammer dat schonn, äwer et es öm Joddes Welle nit so zo verstonn, wie et do schwazz op wiss steht. Denn dat es, ehrlech jesaht, fies jelore. Mr moss zwesche de Zeile läse, öm för eruszoklamüsere, wat denn eejenslech met däm Schmus jemeent es.

Nu pass ens op! Dehste läse „Hä wor sech am bemöhe", soll dat eejenslech bedüüde: Hä wor för nix zo jebruche.

„Hä wor jähn jesenn bei de Kolläje" kann och heeße: Hä hät leewer jefiert als wie jebrasselt.

Prima es och de Feststellong „Et hät joot em Team wulacke könne". Domet kann jemeent sin, dat dat Mädche alleen nix op de Reih jekritt hät.

Donn bloß nit jlöwe „Hä hät sech selwer joot verkoofe könne on de Firma och." Dat heeß nix angeres als wie: Dä Jong es ene Stronzebühdel jewäse on hät emmer de eeschte Jeije fiedele wolle!

Wat ben ech froh, dat för mech hütt keener mieh e Zeuchniss schriewe moss!

Äwer för mech wör mr och met eenem Sätzke alleen nit usjekomme.   *(2010)*

41

Fröhleng

Fröhleng es am stonn op de Matt,
Wenter hammer lang als satt.
Rösech schängt jetz jede Mösch,
hee em Boom on do en de Bösch.
Öwerall Osterjlöckskes on Jrön,
alle Johr widder es dat schön.
Hummele em Hemp hät et Kathring,
moss Kleeder koofe för Sonnesching.
Läwe lösst et sech widder em Freie,
em Jahde ene Hoope Brasseleie.
Em Bloomebeet beste Onkruut am zuppe,
flöck häste Röggeping odder 'ne Schnuppe.
Nies on Schäng mem Rädche op Tour,
jöcke jähn eröm en de jröne Natur.
Granada? Spanije? Kann mech nit locke,
bliew leewer hee aan de Düssel hocke.

PS: Häste Öhrkes, kannste ehm höhre,
häste e Näske, kannste ehm rüsche,
häste Öjelches, kannste ehm kicke drusse öwerall
on beste nit op'm Kopp jefalle,
kannste ehm hee och läse von owe noh onge.   (2009)

Nix wie fott mem Dreck

Jedes Johr dommer hee so'ne Fott-mem-Dreck-Daach op de Been stelle. Möngkesmoß mem Wocheäng vom Fröhlengsaanfang zosamme deht sojet passe wie Potzlappe, Schrubber, Mopp on Wasseremmer.

Fröhjohrshuuspotz es aanjesaht, on dä nit bloß drenne för de eejene Bud. Denn dat deht sech doch von selws verstonn, dat mr nu en Huus, Hoff on Jahde ene Rongkömschlach make moss, wemmer nit jrad en Dreckmösch es.

Nu äver nit sare, wat drusse öm mech eröm es, jeht mech nix aan! Nä, jetz mösse mer och ons Städtche emol widder op propper brassele. So'n Ambrasch kritt mr natörlech nit janz alleen aan et Fluppe. Do mösse mer ons all, Jroß on Kleen, em Hoope zosammedonn, dat heeß eso vill wie, dat ene janze Vereen odder och en janze Scholl metaanpacke deht on en de Häng speut, häste-wat-kannste on emmer feste drop op dä Dreck!

Domet mr sech dobei eso wennech wie möchlech dreckelech mäkt, kritt mr sojah och elejante Dreckfottklamotte för de janze fiese Brasselei: Meggahangkschoh Modell Möllmann on e Käppke för Plääte- odder och Lockeköpp. Wellste em Hoffjahde dä Möll ussem Wasser angele, kannste dech doför en so'n wasserdechte Latzbux XXL schmieße. Weeßte noch, doför wor sech selws ons OB selech nit zo schad! Äwer dä es jo och för nix fies jewäse.

On wat es nu dat Äng vom Leed, vom Dreck-Fott-Daach? E piccobello Düsseldorf henger däm sech janz Kölle verstecke kann! Denn dä beröhmde Kölsche Wesch – ijitt wie knüsselech –, däm kenner mer jo all.   *(2009)*

43

Ambrasch mem Huuspotz

Nohdäm am letzde Wocheäng ene Hoope Lütt de janze Stadt op „fröhlengsfresch" jebrasselt hät, well mr sech mem eejene Huus jo och nit fies blameere. Dröm es nu drenne en de Bud met Schmackes on Kawuppdesch ene Fröhlengsrongkömschlach aanjesaht.

Leck mech en de Täsch! Wat för en fiese Brasselei! Ech kann schonn kinne Potzemmer, Lappe, Bessem, Böösch, Mopp, Schrubber on Saurer mieh sinn. Zoeesch wähd emol dat janze Möblemang von de Wäng jerötscht. Au weia, wat hät sech dohenger on dodronger för ene Dreck aanjesammelt! Pöngele von Fluse on Flocke us de hengersde Ecke jewescht, mem Mopp sojah owe op'm Kleederkast erömhanteert, de Jahdenge von alle Finstere jeresse on jewäsche on et Parkett op Jlanz poleert, dat de janze Famillich bloß noch am usrötsche es.

Janz Dolle, die et ehrlech jesaht met de Proppertät e beske öwerdriewe, schmieße sojah noch en neue Färw aan de Wäng, äwer dat kann ech mech dies Johr schenke. Dat Öljemäld vom Ohme Jupp, dat antieke Erwstöck, bliewt braw do hänge, wo et es, nemmech jenau öwer de Kautsch. Jrad hann ech dohenger emol jespinzt, äwer et es noch kinne Dreckrangk aan de Tapet zo kicke.

Von de janze fröhlengsfresche Wulackerei hann ech nu de Nas jestreche voll, hann et als fies em Rögge on en de Knie. Wat säht mech dat? Leewer jede Woch e beske öm sech erömfäje on wedele, d. h. dä beröhmde Kölsche Wesch make, dann brucht mr sech doch jlatt so'n Ambrasch kooz vör Ostere eesch ja nimmieh aanzodonn. *(2009)*

Ohne Ommas on Oppas löpt nix

Wenn fröher Mamm on Papp fott op Jöck jenge, send emmer Omma on Oppa jekomme, öm för op mech on min kleene Schwester opzopasse. Dat wor jedes Mol dr Hemmel op de Ähd! Endlech kunnt mr donn, wat mr wollt. Mr wohd lecker verwönnt von vöre bes henge, wat Oppa on Omma prima kunnden, denn dat nit emmer eenfache Jedöns mem Optrecke hadden Papp on Mamm am Been.

Optrecke mösse Mamm on Papp, äwer verwöhne donnt Omma on Oppa. Dat wor als fröher eso, on hütt es dat nit angers. Dat es sozesare Tradizzijohn.

Domet däm Oppa am Wocheäng nit de Deck op'm Kopp am falle es, kritt hä emol äwe sin Enkelkenger en de Häng jedeut, domet hä sech met denne emol rechtech ameseere kann. Domet de Omma, die jo nie NÄ sare kann, nit aanfängt enzoroste, kann se doch joot emol met de Enkelches zwei Woche lang em Huus on em Jahde e beske erömspeele. Mamm on Papp fleeje nemmech leewer alleen noh de Malediewe, denn dat wör för so kleene Kenger nit joot. Do henge am Äkwator kreeje so Ditzkes nix wie fies Sonnebrand odder „ene flöcke Öttes".

Angers eröm jesenn, kann so'n Omma doch froh sin, denn janz alleen mem nörjelije Oppa zo Huus wör et doch jlatt zom Jähne odder zom Sech-en-de-Woll-kreeje! Kooz on joot: Wat Schönnderes als wie Omma-Oppa-Stress jöwt et janit! Mr freut sech, wenn de Enkelströpp komme, on mr freut sech noch mieh, wenn se jonnt, denn dann send Omma on Oppa miesdens lecker kapott. Äwer wie säht mr eso schön? Wä rastet, dä rostet, on wä well dat schonn! *(2007)*

Parföng för Fööß

Nä, wat es dat prima, dat mer hee en Düsseldorf een Mess noh de angere hannt. Do kammer sech sozesare trek vör de Dör schlau make, wat et so Narelneues jöwt.

Nu hät jrad letzde Sonndaach de Bjutti-Mess de Pootze zojemaht. Bjutti för Manns – on Frollütt, on dat rongkeröm, wat eso vill heeß wie von henge bes vöre on von owe bes onge, also vom Kopp bes noh de Fööß.

Fröher wor sech min Omma selech emmer met Ottokolong am bespröhe, dat wor sojet wie Musong Lawändel, on dä Rüsch hät eenem eejenslech nit jrad vom Hocker jeschmesse. Dat hät secher dodraan jeläje,dat dä Rüsch us Kölle jewäse es. Hütt jöwt et jo – von wäje Kölle – ene Hoope von Parföngs, internazzijohnaler on düerer jeht et janimmieh. Ech sach jetz bloß Diors Chres on Armanis Schorsch odder Chanels Coco. Bes letzde Woch hammer ons so e Dröppke henger de Öhrläppkes, op de Locke, en dat Dekolletee erin, onger de Ärm on aan de Häng op de Huut drop jetuppt odder och jespröht.

Äwer nu – dat es sozesare dä letzde Schrei – sommer ons dat och noch en de Kniekehl odder henger'm dicke Zieh donn. Op de Bjutti-Mess es jetz e Rüschwässerke för de Been on de Fööß vörjestellt wohde. Wenn di Hezzblättche schonn vör dech op de Knie falle deht, öm dech de Fööß zo bütze, soll hä doch trek ene französesche Rüsch en de Nas hann on kinne vom Camembär!

Jetz hann ech äwer Hummele onger de Fööß. Nix wie en de nächsde Butick jeloope, öm för mech so e rösech Parföng för de Kwante zo koofe. Ech ben jetz schonn jespannt wie ene Fletzebore, wat dat för en Werkong hät!

(2008)

Schilda lösst jröße

Et jöwt ene Hoope von Mäuzkes öwer de Börjer von Schilda on öwer dä Kwatsch, dä se sech en ehr Stadt hannt enfalle losse, natörlech all dat erfonge on nit real.

För zom Beispiel hannt de Schildbörjer jlatt verjesse, en ehr neujebaut Rothuus och Finstere enzosetze. Wat nu? Dann hadden se ene Jeistesbletz! Flöck hannt se sech dann en Emmere et Lecht ennet Huus erin jedrare.

Dat hee es jetz Realität on nit erfonge, wat et Verkehrsministeriom sech hät enfalle losse: Ons alde Verkehrsschelder solle fottfalle, on dofor neue, die bloß e beske angers ussenn, opjestellt wähde. Och met Brell op de Nas kannste koom kicke, wat op däm neue Schild angers es: Däm Fooßjängermänneke fähle de Fööß on dr Hoot. Beem angere Scheld deht op däm Fahrrad keener mieh drop setze, on beem Tempo-60-Scheld es dat km fottjefalle. Do wore mer doch all als lang drop am wahde! Mr hät doch jetz e janz anger Fahr- on Loopjeföhl em Stroßeverkehr! Op so e doll modern Design deht mr och jähn kicke, dojäje sollt mr so'nem alde Stopscheld doch kinne Blick mieh jönne, wenn et nit met pp jeschreewe es!

Natörlech send ons ärm Kommune öwer dat Schilder (Schilda)jedöns fies am kühme, dat se sowieso kin Moppe mieh hädden on för so'ne onnödije Kwatsch schonn emol janit! Jenau!

Sollt mr nit och emol e beske Lecht en dat Ministeriom erindrare, domet do de Biamte wach wähde on denne e Lecht opjeht? *(2010)*

Hoot steht jedem joot

Dat hee ons Düsseldorf bekannt es als en sojenannde Modecitty weeß enzwesche jedes Kengk. Mer make alles met, brassele ons jähn op on hannt flöck dä letzde Schrei am Balch, wenn all de angere dä Schrei noch janit jehöht hannt. On bei däm Höhre stonnt de Mannsbelder ons Frollütt en nix noh.

En de Modemajazine för Mannsbelder es em Momäng dä letzde Schrei de Dekorazzijohn för so'ne Kählskopp: ene Hoot! Wellste als Mann e beske us de Reih höppe on ene usjefallene Endrock make, mosste dech so e Dengen op dinne Dätz deue, söns kannste trek enpacke. För all die Mannsbelder, denne dr Kopp schonn dörch de Hoor jewahse es, die also angerseröm jesaht en leckere Pläät hannt, kütt dat Modedicktat wie jeroofe. So kann och noch ene Pläätekopp met jet drop ene rösije Endrock make.

Äwer och so'ne jonge Sprenghöppes mäkt mem usjefallene Höötche op de Locke trek en bella fijura. Häste nit och als ene Hoope Jonges jesenn, die hee met so'nem Pöttche op'm Kopp erömloope? Dat es bei denne jonge Kähls hüttzedaach janz in, on nit bloß bei so'nem Könsler, dä op de Böhn am erömträllere odder op sin Jitarr am zoppe es.

Düsseldorwer Mannsbelder loope natörlech von Huus us nit wie e Halfjehang eröm, on op de Kö schonn emol janit! Nä, wat hann ech do schonn för ene Pöngel staatse Mannslütt zälle könne mem elejante lange Palletoh on owe op'm Kopp ene donkele Hoot mem Kawenzmannsrangk, so Modell Mini-Sombrero. Jo, so esset, Klamotte make Lütt on ene Hoot mäkt ene Kopp (on manschmol och e Jesecht)! *(2009)*

Sechs Daach send jenoch

Hammer eejenslech kin angere Sorje, als wie ons ene Hoope Jedanke dodröwer zo make, ob mr am Sonndaach och noch enkoofe könne odder nit? „Fröhlengsshoppe am Sonndaach" es dat Motto em letzde Mähz jewäse, „Shoppe am Sonndaach" em Altstadtherws hät dat angere jeheeße, wenn hee en jroße internazzijohnale Mess es, mösse natörlech och de Koofhüüser sonndaachs de Pootze opmake on vör Weihnachte sowieso.

Dat janze Johr öwer hammer Diskussijohne am Been öwer dat Enkoofe och noch am Sonndaach. Kammer denn nit och noch jet angeres donn als wie sibbe Daach lang erömloope, öm för enzokoofe on zo konsomeere? Wochedaach, Sonndaach, alle Daach datselwe en Jrön! Shopping-Stress – wie mr dat hütt usdröcke moss – sibbe Daach en de Woch! Mösse mer ons dat aandonn?

Nä, jank mech fott! Min Omma selech hät fröher offt jesaht: Nä, nit am hillije Sonndaach! Dä Usdrock es hütt janz us de Mod jekomme, jenauso wie dat Wohd Sonndaachs-Kleed odder Sonndaachs-Aanzoch. Dat wor fröher jet Besönderes on nix för jede Daach.

Och ons Härjott hät sech e Rohepäuske noh sechs Daach Brasselei jejönnt, als wie hä ons Ähd jemaht hät. Lommer ons dovon en Schief afschniede on däm Sonndaach sin Roh losse! Dat kannste och donn, wenn du mem leewe Jott nix am Hoot häs. *(2011)*

Sommerziet hammer widder

Nu mossden mer am Wocheäng wie alle Johr widder em Mähz de Ziet e Stöndche vördriehe. Dodörch hät och de letzde Schlofmötz metjekritt, dat mr de fiese Johresziet henger ons hannt. Möngkesmoß hät och dat Wähder metjemaht: Räje fott, Sonnesching do!

Nu mösse mer ons bloß widder draan jewöhne, sozesare vör'm Opstonn – also een Stond fröher als wie söns – us de Federkes höppe zo mösse. Beste en fröh-flöcke Mösch, mäkt dech dat nix. Dann dehste öm secks Uhr als senkrecht em Bett stonn, bes e Leedche am trällere on stehs fresch on froh op. Dann fluppt dat met de Sommerziet prima.

Beste äwer en Nachtuel, die owends sojah bes öm Meddernacht nit ennet Heiabettche fenge kann, dann dehste morjens din Dötz nit opkreeje on häs för dr janze Daach fies Blei an de Fööß. Nix met Morjestond hät Jold en de Schnüss!

Wat dann? Moss mr sech äwe met sin Fröhjumminastick fönnef Menudde länger afbrassele, öm öwerhaups bloß e beske en Schwong zo komme, sech dann späder zweschedörch em Bürro stickum e Nickerche jönne odder e Piccolöche för dr Kreisloof kippe, dann wähd och so janz pö-a-pö en Nachtuel fitt wie e Tornschöhke. Bes owends es dann och so'ne Nachtvorel widder rösech joot drop!

„Wat däm een sin Üel, es däm angere sin Möschdijall". Dat hät min Omma selech fröher emmer jesaht. Nu weeß ech, wat se domet jemeent hät. Äwer ob ech nu Mösch odder Uel ben, dat donn ech üch hee nit op de Nas benge. Ehr künnt jo emol rode! *(2008)*

Au Backe, min Zäng!

Letzde Woch hann ech op emol fies Zangping jekritt. Also, nix wie nohm Zängdockter jeloope. Dehste als Öwerraschongspazzijänt drei Stond em Wahdezemmer erömhocke, send din Ping rubbeldidupp wie fottjeblose.

Kütt mr endlech draan, deht eenem so'ne Folterstohl eesch emol op dr Mare schlare. Dat Denge kann dech flöck eraf on erop driehe, so dat mr mem Kopp op emol janz noh onge on de Fööß noh owe mr däm Dockter möngkesmoß vör de Nas, bzw. vör de Öjelches litt. Dä!

Domet dä besser kicke kann, mäkt hä trek so'n Kawenzsmannslamp aan, on ech loss dann flöck min Oore zofalle. Mr well jo däm Zangklempner nit so direktemang ennet Jesecht kicke on ußerdäm kammer Ping vill besser ushalde, wemmer de Öjelches zomäkt.

So'n Spretz lösst eenem fies zosammezucke, op de Zäng kammer en däm Momöng jo nit bieße, dröm Oore zo on dodörch. De Mull wiet op, bes alles stief on ohne Jeföhl es.

Och wemmer nu nix mieh föhle kann, jeht eenem dä Radau von däm Bohrer dörch Mark on Been. Ech versöhk dann emmer an Palme on Meeresruusche zo denke, wat äver nit emmer fluppt. Minne Dockter fängt dann jähn met mech ene Verzäll aan, wohen hä en de Ferije fleeje deht on wo hä dann wiet fott en de Karibick onger Wasser all de räjeborefärwene Stacheldizkes fottejrafeere well.

Ech ärme Höhsch ben emmer noch op'm Rögge am leeje op däm Stöhlche met de Schnüss wiet op. En so'n Stellong kammer jo selver nix sare, nit mem Kopp schöddele odder nicke jeht och nit, domet dä jeniale Hangkwerker met däm verdammpe Bohrer nit afrötscht. Dröm bliewt dat emmer bei däm Dockter sinne Monoloch.

Wat soll et! Leewer en Joldföllong en de Zäng als wie e Jebess en de Häng!

(2008)

Kaujummi mäkt schlau

Do well doch so'ne Professer von de Unni erusjefonge hann, dat dat Kaue vom Kaujummi schlau mäkt. Dörch dat Kaue soll vill mieh Sauerstoff als wie söns en de Jehernwendonge komme, so dat mr dann jeistech vill besser brassele künnt.

Trek hät mr dat aan enem Pöngel von Stodente usprobeert. Woren se wie jeck am kaue, hannt se vill mieh von de Vörläsong – och wenn die zom Jähne wor – on och vill flöcker kapeert als wie söns.

Nä, dat kann ech nit jlöwe! Ech kann mech ehrlech jesaht so'n Kauerei öwerhaups nit aankicke, on von enem Hoope von Lütt, die wo vör mech setze, schonn emol janit!

Dovon janz afjesenn, hammer nit jenoch Jedöns met de Kaujummis am Been bzw. onger de Fööß? Wat dat för de ärm Awista för ene Brassel es, dat janze usjespeute Züch von de Ähd widder fottzokreeje! Och wenn et jetz so'n Spezijalmasching, so'ne „Jummi-Buster" met eens Komma fönnef Kilowatt jöwt zom Kaujummi-Fottmake, möhd ech domet nit erömhanteere mösse.

Wenn äwer dä Professer rechtech litt (odder kütt dä us Kölle?), dann wöhd mr secher dörch dat Kaue och so schlau wähde könne, dat mr sinne Kaujummi nimmieh op de Ähd speut, söndern propper en ene Affallemmer erin! *(2006)*

Mr kann och alles öwerdriewe

Nä, mr hät doch et ärme Dier kreeje könne, wie dat ärme Dier, dä leckere Knut, do henge aan de Spree ennet Jras hät bieße mösse bzw. em ieskalde Wasser – wat doch eejenslech si Element wor – versoffe es!

Janz Berlin, de janze Nazzijohn wor am kriesche! Do hät mr fies jenau meterläwe mösse öwer You-Tube, TV on Ziedonge, wie dä kleene schnuckelije Rotzech, von sin Iesbärmamm lenks leeje jelosse, dröm von enem Mannsbeld met vill Hezz för ärme verlossene Dierkes met de Fläsch jroß jetrocke wohd, ene Prommistatus jekritt hät, on dann sojet!

Ki Wonder, hannt vill Schlauköpp jesaht, wie kammer dä Jong och em Zoo met angere alde Schatulle von Iesbärfrollütt zosammedonn! Dat wöhd doch ki Mensch ushalde!

Von wäje! Siet däm 31. Mähz hammer et nu schwazz op wiss! Dä Zoodireckter hät nix falsch jemaht! De Autopsie verzällt et ons nu janz jenau, dat dat ärme Dier janit seelech kapottjejange es, et hät et em Kopp jehatt, aan de Hernwasserkammere hät et jeläje! Also nix met Psychesch, et es ene anatomesche Defeckt jewäse. Wat sähste nu?

Nix kannste sare, kriesche kannste bloß! Ene Pöngel Lütt hannt kondoleert on send ussem Bratsche nimmieh erusjekomme, öwerläje sojah dat ärme Dier em Moseom uszostoppe.

Nu sach emol ehrlech, hammer denn kin angere Sorje?

(2011)

APREL

Aprel! Aprel!

Hütt hammer dä eeschte Aprel. Ech sach bloß: oppasse!

Fröher als Schollkengk häste aan däm Daach nix wie Kwatsch em Kopp jehatt, öm för angere Lütt en dr April zo schecke.

Dat feng morjens fröh met Mamm on Papp aan, jeng dann en de Scholl met denne angere Pänz us de Klass on mem Lährer wieder on höhden nohmeddaachs on owends en de Famillich eesch widder op. Aprel! Aprel! Ech weeß janit, wie offt mer Kenger dat am Daach jeroofe hannt.

Nit bloß Kenger och de jroße Lütt donnt hütt och noch jähn angere en dr Aprel schecke. Et jöwt jo nix Schönnderes als wie angere zo veräppele on zo verhohnepiepele. Nit för ömmesöns säht mr jo, dat de Schadefreud de schönnsde es.

Hütt kammer doch joot so'nem fiese Möpp, däm mr nit verknuse kann, emol eens uswesche, ohne dat dä dodröwer fies beleidecht sin kann. Denn wä well sech schonn nohsare losse, datte alles hät, bloß kinne Humor?!

Am eeschte Aprel kannste däm Nöttelefönes von näweraan em Jahde doch sare, dat hüttmorje eener vom Jahdeamp komme sollt, öm för sinne Kawenzmannstanneboom, dä dech sommers wie wenters de janze Sonn op din Terrass fottnähme deht, ratzfatz afzosäje. Dä Kähl bliewt dann dr janze Daach zo Huus hocke met enem Pöngel Wut em Buck on es op dat am wahde, wat janit kütt.

Du äwer lachs dech kapott on dehs owends roofe: Aprel! Aprel! Weeßte, wie joot dat deht? *(2008)*

Dat Dengen mem Dörchbleck

Jeder deht jähn von sech sare, datte emmer, ejal woröm et jeht, dä rechtije Dörchbleck hät. Besönders Stronzebühdel könne dat joot von sech selwer sare.

Ech weeß janit, wieso mech jetz jrad dat Wohd Mannslütt enfällt. Also nit wäje däm Stronze, äwer wäje däm beröhmde Dörchbleck.

Ech hann noch hütt minne Papp selech en de Öhrkes, dä emmer jenau jewosst hatt, wo et langs jejange es. On wäje sinnem aanjeborene Dörchbleck kunnt ehm och keener e X för e U vörmake. Ech weeß äwer och hütt noch jenau, wie offt ehm minn Mamm us de Bredullje hät helpe mösse, wenn ehm sinne Dörchbleck em Stech jelosse hatt.

Och hütt öm mech eröm donn ech bloß Mannslütt kenne, die för alles on jedes dat Jeneralstabsstöckse em Tornester enjepackt hannt, sozesare aanjebore, von Huus us, met de Mottermilk enjetrocke. Es dat nit herrlech för ons Frollütt, wemmer ons ömjäwe könne met Kähls, die wo ons direktemang on flöck de Welt usenangerposementeere, et Rädche neu erfenge on alles jrad setze könne, wat ons donäwer jejange es!

Männer kicke emmer bloß op dat, wodrop et aankütt, noch vöre jradus, also Dörchbleck! Bloß em Iesschrank darfste nit et Botterdöske erjenswo angers henstelle, dat wöhd nit jesenn. Met däm rechtije Dörchbleck kannste äwe nit noh lenks on reihts kicke. *(2009)*

Säsong för Has on Hohn

Nu duurt et nimmieh lang: Ostere es vör de Dör am stonn on drop am wahde, dat mr däm Osterhas erinlosse.

Dobei es dä Mömmelmann als lang öm ons eröm am höppe. Beste dörch ons Citty am bummele on en de Schaufinstere am kicke, kannste Minihäskes, Kawenzmannsmömmelmänner on Höhner met on ohne Nest schonn ja nimmieh zälle.

Dann beste op emol och janz rabbelech am wähde on moss op Düwel komm erus – nä, op Has komm erus – de eejene Bud och opbrassele met Osterjedöns. Wenn schonn en de Bäckerbuticke de Mömmelmänner zwesche de Röggelches erömhöppe on em Schohjeschäfft de Höhner en de Sandalettches hocke, dann hät mr doch kin Roh, bes mr zo Huus och ene Höhner- odder Hasestall opmake kann.

Mi Hezzblättche, dä Charly-Drickes, fängt direktemang aan zo nörjele on knöttere: Dehste widder denne Jeschäfftslütt de Moppe en dr Rache schmieße? Wat soll dä Kwatsch met däm Kitsch? Mer hannt doch schonn e verröckt Hohn em Huus, dat jenöcht!

So e drüch-nöchtern Mannsbeld hät äwe kin Ahnong von Fröhlensstemmong on enem eschte Oster-Ambijänte. Bloß wenn Has on Hohn nit us Jlas odder Terracotta, doför äwer us Marzepan on Schockelad send, dann hätte nix dojäje, on dann send ehm op emol och de Moppe piepejal.

Wat nix kost, dat es och nix, Liebche! Säht hä dann, on es met Jenoss de Krokanteier vom Heinemann – bloß nit vom Aldi – am verkimmele. (2010)

Worm odder Vorel

Mer kenne all dat Sprechwohd vom fröhe Vorel, dä däm Worm am fange es. Minne Papp hät mech dat fröher, als wie ech noch e kleen Dötzke wor, emmer vörjehalde, wenn ech morjens nit opstonn on noh de Scholl jonn wollt.

Sprechwohd hen, Sprechwohd her, wat ene Kwatsch! Wemmer sech dat Janze nemmech emol met de Kähz bekickt, dann kammer bloß schlau erusfenge, dat dä dusselije Worm besser draan jewäse wör, noch e beske länger em Heiabett jebleewe zo sin. Also, ech sach et doch! Beste zo fröh am Morje erjenswo met de Nas dobei, kann et och flöck dinne letzde Morje jewäse sin.

Öwerhaups moss mr doch ehrlech sare, dat et äwe Fröhflöcke jöwt on op de angere Sitt Lütt, die jrad morjens fröh noch en Mötzke Schlof bruche. Dat litt äwe en de Jene on fähdech!

Dä eene höppt häste-nit-jesenn ussem Bett, deht ieskalt dusche, stellt et Radio laut aan, fröhstöckt on kann och trek de Mull opmake on drop loss schwahde! Däm angere wähd es als beem Jedanke aan kalt Wasser schonn fies fleu, on de Mull kritt dä eesch op fröhesdens so öm Meddaach eröm.

Et jöwt och noch e anger Sprechwohd, wat säht: Morjestond hät Jold en de Mull. Au weia! Wä Jold en de Schnüss hät, moss doch vörher fies Karies jehatt hann odder? Nä, nit met mech! Leewer lang on secher em Bett leeje als wie fies jeschnappt wähde odder Karies en de Zäng zo hann!

Nu kannste dreimol rode, wäm du hee vör dech häs! Dä fröh-flöcke Worm odder däm ärme dusselije Piepmatz? *(2009)*

Polle fleeje eröm

Wat däm eene sin Uel, es däm angere sin Möschdijall. Dat Sprechwohd deht emol widder passe wie et Deckelche op'm Pöttche.

Wenn et öm de Fröhlengsloft jeht, es sech dä eene wie jeck am freue on drusse am eröm am höppe. Dä angere dojäje kütt ussem Kühme on Kriesche ja nimmieh erus, on well, wenn et äwe jeht, öwerhaups nit vör de Dör jonn.

Lütt, die nix mem Heuschnoppe am Hoot hannt, send jetz fein erus. Se könne dat Fröhlengswähder von henge bes vöre jeneeße, sech en dat fresche Jrön erinschmieße on trällere: Komm leewe Mai, on mak ons de Bööm als widder jrön! Se könne noh Hezzenlost drusse erömjöcke zo Fooß odder op'm Rädche janz ohne Maläste. Herrlech!

Beste äwer so'ne ärme Höhsch, däm de Polle von all däm, wat jetz do drusse am blöhe on am jröne es, raderdoll make, dann moss dech dat janze Fröhlengsjuppheidi-on-juppheida jeklaut bliewe. Nix wie fad drenne hocke on bloß Finstere on Döre zohalde!

Mr kann se nit kicke, äwer mr deht se föhle de Polle, on wie! De Öjelches donnt fies jöcke, stonnt voll Wasser on losse eenem ussenn wie en ahl Bratsch. De Nas es am zojonn odder fängt aan zo loope. Ohne ene Pöngel Täschedööker kannste dat Läwe jlatt verjesse.

Meddedren, ejal von wat, äwer emmer dann wenn et jrad nit passe deht, fällt mr von een Nieserei en de angere. Minne Aptheker hät mech als en Kawenzmannpackong von Anti-Allerjie-Pillekes en de Häng jedeut. Äwer meenste denn, die Beester donnt et?

Momäng emol, jrad esset mech als widder janz fies en de Nas am kribbele. Ha-ha-hatschi! Bes dies…hatschi… daach!   *(2008)*

58

Renoveerste schonn odder …

Am Wocheäng hät hee op de Kö em Nobelhotell – wo och söns? – zom eeschte Mol en Mess met däm schöne Name Lifetime-Beauty, also laiftaim-bjutti, för zwei Daach de Pootze opjemaht för Lütt, die jlöwe, dat se däm leewe Jott nit eso joot jelonge wöre. Do kunnt mr sech schön schlaumake, wat mr sech eso all för sin Bjutti on Wellness jönne soll on wat öm Joddes Welle bloß nit. Denn von nix, kütt nix. Dat wesse mer jo all.

Dä beröhmde Bjutti-Dockter, dä Mangs Neres, dä sozesare dä Benediktus-Medikus, also dä Papst onger all denne Medizinmännekes sin soll, hät sech do live kicke losse on ons usenangerposementeert, wie mr us en fieshässleche Ent häste-nit-jesenn ene schöne Schwan make kann.

Esset nit herrlech, dat so ene jeniale Könsler – wie weiland dä Karajans Bätes si Taktstöckske – dat Skalpell schwenge deht on dech rubbeldikatz us din Ähpelsknoll, so e Katümmelche, e filijran Nobelnäske friemele kann?!

Och denne Mannslütt (för zom Beispell däm piccolo bello us Italije, däm alde Berlusconi) deht dä Maestro jähn Flüskes op de Pläät enplanteere odder de Visasch lifte on raffe. Dann süht ene alde Bühdel trek widder wie so Kommelionsjöngke us!

Bloß so'n Silikonspretz zom Opfölle ejal wohen och, die well hä dech nit setze! Nä, do hätte sin Prinzipije!

Schad äwer och, ech hädden mech doch eso jähn so'n sexy Ballongschnüss spretze losse! So en Mull wie e Jummiböötche moss doch wat Herrleches sin!

Mol kicke, dat ech beem Dr. Mang ene Termin för minne Alde kreeje kann, domet sech op däm sin Pläät widder Locke rengele. Ech ben jrad de Penönzkes doför am zälle. Mer wesse jo, wat nix kost, dat es och nix! *(2010)*

Bohei öm de Bütt

De Badebütt hät eener erfonge, dä ene jemötleche Jenee-
ßer jewäse sin moss. Jöwt et wat Schönnderes als wie sech
en so'n lauwärme Bütt erömzoräkele mem Krimmi en de
Hangk odder met so'n Reläks-Wellness-Musick en de
Öhrkes!

Fröher hät min Mamm us en jifftjröne Fläsch jet en de
Bütt jekippt, wat fies penetrant noh Tannenadele am rü-
sche wor. Hüttzedaach dojäje kammer sech ene Hoope
von Variazzijohne ussöhke, wat mr rüsche on föhle well:
Maharadscha- odder Hamambad, Olive- odder Lawen-
delbad noh däm Motto: Rongkeröm jlobal och en de
Bütt!

Fröher am Samsdaach hät ons Omma selech noch
met Kohle eesch dä Badeowe aanjeschmesse, on dann
hannt sech och sare on schriewe fönnef Lütt zwei Büttföl-
longe deele mösse. Dat wor Wellness för de janze Famil-
lich, och wemmer dat Wohd domols noch janit jekannt
hät! So'n Zinkbütt wor aan Elejanz koom zo öwertreffe!
Bei Hämpels – onger'm Sofa wor kinne Platz mieh – soll
de Badebütt sojah medde en de Kösch jestange hann!

Hütt dojäje kannste modderseelealleen din Badezem-
merlandschafft jeneeße, dehs dech vörher ene Pöngel von
Teeleechter op'm Rangk von de Bütt opstelle wäje däm ro-
mantesche Ambijänte, kanns ussem Badezemmerspezi-
jalradio „O sole mio" höhre, dehs dech dat Toscana-La-
wendel-Badeöl ennet Wasser schödde on dann lössde
dech jemötlech zom Reläkse en de wärme Bröh erinröt-
sche.

Mr moss bloß oppasse, dat dat Piccolojläske vom
Rangk nit en de Bütt erinfällt, dä Krimmi nit nass wähd
on dinne Läsebrell nit mem Beschlare aanfängt! (2010)

Düssel-Fillosofie

Bes emol stell, Kengk, ech ben jrad am denke! Dat hät fröher minne Papp offt jesaht. Wenn hä dann mem Simoleere fähdech wor, es för zom Beispell hee so'ne fillosofesche Satz erusjekomme: „Wat nit jeht, dat jeht nit!"

Dä rheinesche Kabarettest, dä Beikirchers Konni, es och onger de Fillosofe jejange, wenn hä säht: „Am schönnsde esset, wenn et schön es!" Do fällt dech nix mieh en, do kannste nit draan röddele.

Joot, dat mer Düsseldorwer och all so'n fillosofesche Ader hannt. Wat nit es, dat es äwe nit, on wenn et fies es, dommer ons dat äwe flöck schön schwahde.

För zom Beispell: „Leewer en Pläät als wie ja kin Hoor!" Wat för'n Läwensfillosofie! Do fällt dech nix mieh en, do kannste nit draan röddele.

Mem rosa Brell op de Nas es rongkeröm Optimissmuss aanjesaht: „Leewer fies opfalle als wie janit jesenn!" Dat säht sech jähn so e Männeke Wechtech, dat – ejal wie on wo – emmer met de Schnöfnas dobei sin moss.

Noh däm Motto „Ons kann keener" hät mr selws mem Alder kin Maläste. „Besser e Jebess als wie ja kin Zäng!", säht sech dä Schäng-Pitter on bießt met Schmackes en si Röggelche.

Nä, öwer ons Düssel-Fillosofie losse mer nix komme! Die losse mer ons von keenem, ejal wä kütt, nähme, em Läwe nit! On do lommer ons och nit draan röddele.

(2010)

E Händi es herrlech

Millijohne von Lütt stunge dies Woch lecker fies em Räje, denn de Kommunikazzijohn mem Händi wor em Emmer, on dat sojah stondelang. Mr wor sozesare rongkeröm von de Welt afjeschnedde wie domols dä ärme Höhsch von Robinson Crusoe henge wiet fott op so'n Insel.

Wat hammer eejenslech fröher jedonn, wie et dat Händi noch janit jejäwe hät? Wie hannt de Lütt öwerhaups läwe könne, ohne emmer on öwerall met de Schnüss on de Horschlappe dobei zo sin?

Jrad jester en de Stroßebahn hät sech emol widder dä janze Ware met aanhöhre mösse, wie so e Männeke Wechtech en si Händi am flöte wor: „Liebche, ech hann hütt Owend noch e Jeschäfftsesse, donn nit op mech wahde! Et künnt spät wähde. Tschööö, Liebelein, tschau!"

Deht mr en Lohuuse ussem Fleejer kleddere, mösse all de wechtije Krawattedräjer direktemang per Händi dörchjäwe, dat se jlich zo Huus op de Matt stonnt. Weeßte och woröm? Domet et dann zo Huus kin fiese Öwerraschonge jäwe kann!

Nä, ohne Händi löpt hüttzedaach nix! Och wenn et doch eso schön stell wör, z. B. en de Stroßebahn odder em Restorang am Desch näweraan, wemmer dä janze Kalmeskäu von anger Lütt nit bröhwärm metkreeje wöhd!

Mr kann et äwer och angers eröm bekicke. För so Schöfnäske wör et och fies fad on schad, wenn et nimmieh rongkeröm all dat metkreeje wöhd! Denn wie säht mr eso schön? Wemmer alles weeß, es mr och nimmieh neujeerech.

Sühste, so esset! So e Händi es däm een sin Uel, on däm angere sin Nachtijall! Denn jede Jeck es angers.

(2009)

Ohne Name löpt nix

Beste noch am wohne odder dehste schonn läwe? Dä dolle Sproch dommer all kenne, so dat ech hee kinne Name zo nenne bruch. Werbong make well ech nit, och nit henge eröm.

Am letzde Wocheäng hät dat Möbelhuus henge wiet fott us Skandinavije widder neu opjemaht met enem Pöngel von dolle Schnäppkes för Huus, Hoff on Jahde.

Nu wähd et äwer Ziet, dat Sofa von de Omma selech on dä waggelije Sessel von anno eruszoschmieße on denne eejene veer Wäng e neu Outfitt zo jönne, domet mr endlech nimmieh wönnt, söndern läwe kann wie neujebore.

Dat Schönnsde aan däm Möblemang es jo, dat mr met däm direktemang op du on du steht. Mr föhlt sech jemötlech wie medde dren en de Famillich, wenn dä Schrank Sven-Lasse heeß, dä Jlotzkestsessel Ole-Döres, et Heiabett Holjer-Olaf on de Vitrin Viktoria-Astrid. Dat hät doch jet! Dat jöwt et nit öwerall. So familijär Möblemang mosste dech doch öwerall söns met de Lamp söhke jonn. Äwer fenge, dehste et nit.

Selws ene Single föhlt sech nimmieh fies solo, wenn hä op sinnem Stohl Stina-Maren am Desch Daniel-Döres hockt, de Fööß op'm Teppech Torsten-Thor afstellt on dörch de Jahdenge Jretche-Jöteborch noh drusse op de Rhingböötches kicke kann. Ohne de Stehlamp Karl-Justaf, ohne de Kautsch Kristina-Silvia on et Böcherrejal Billy kannste bloß blöd wohne, äwer nit jemötlech läwe.

Häste emmer sovill Lütt öm dech eröm zo Huus, mosste bloß oppasse, datte nit eenes Daachs met denne ene Verzäll aanfängs. Wenn dat publick wähd, dann kannste äwer trek noh Jrofeberch ömtrecke! *(2008)*

Wat de Lütt hütt eso sare

Nä, wat moss mr sech hüttzedaach manschmol för ene Kalmeskäu aanhöhre! Dat Schlemmsde dobei es, dat dusselije Usdröck sech rubbeldidupp wie en Epedemie brietmake.

So'ne Bazillus es dann janz flöck von eenem op dä angere am höppe. Manschmol künnt mr trek kriesche, wemmer sech aanhöhre moss, wat de Lütt hüttzedaach us ons Sproch make. Am leewsde wöhd mr sech eenfach de Ohre zohalde.

Ech künnt för zom Beispell jlatt de Pimpernell kreeje, wemmer mech – on dat noch am fröhe Morje, wo mr mech am besde eesch janit aansprecht – met enem lostije „Hallöche" bejröße deht. Jeht mr dann noh enem kooze Verzäll widder usenanger, moss mr sech am Äng och noch so e flott-fröhlech „Tschüsschen" odder „Tschüssi" aanhöhre. Mech deht dann emmer dat Wohd „Ossi" odder „Wessi" enfalle.

Lütt, die wo jlobal denke on schwahde, make sech jähn internazzijohnal dodörch on roofe: „Ciao", „Addios" odder „Shalömchen".

Och söns medde drenn en so'n Konversazzijohn kammer emmer widder Usdröck höhre wie „es doch klärchen" odder „es supi jewäse" odder „dat wor escht hip". Dat ons „Kids" – dat send Pänz – sech so jähn am ongerhalde send, kann ech jo jrad noch verstonn. Äwer wenn dann so e paa Meddelalde sech ene jurendleche Deu aandonn wolle, wenn se och dä jrößde Tinnef „hip" fenge, dann fällt mech nix mieh en.

Ech mak mech jetz dodörch. Adschüss, Tschau, Tschüssi bes diesdaach! *(2008)*

Voll on letzendlech

De Schnüss halde es Jold, Schwahde es Selwer. Dat hät min Omma selech emmer janz drüch von sech jejäwe, wenn se emol widder so'ne dusselije Schwahdlapp, also e Mannsbeld, odder en Schwahdschnüss, also e Fräuke, hät erdrare mösse.

Wenn min Omma hütt noch am läwe wör, mösst se sech äwer mieh wie eemol am Daach de Öhrkes zohalde. Wat de Lütt hütt, ejal wo et och es, ejal wat se op'm Kaste hannt, oft för ene öwerflössije Kalmeskäu von sech jäwe, dat jeht op kin Elefantehuut. Wat hütt eso em Verzälltrend litt?

Janz besönders deht mech dat Wohd **voll** jefalle, wat bei de jonge Lütt janz in es. För zom Beispell dehste frore: Wie jeht et dech denn? Dann mosste dech aanhöhre: Och, ech ben voll joot drop! Kammer denn och leer joot drop sin? Odder soll jemeent sin: Ech ben joot voll? Nä, dann wör mr jo benüselt on hädden eene em Kahtong.

Noch dusselijer es das Wohd **letzendlech.** Dat kannste öwerall erjenswo dozwesche deue, dat passt emmer. Lösste dat Wohd fott, mäkt et och nix. Mr kann sech bloß domet ene wechtije Deu aandonn, wie wemmer wochelang sech fies Jedanke öwer erjensjet jemaht hädden. Äwer et es letzendlech nix dobei erömjekomme. Wat letzendlech voll schad es.

Do kannste bloß noch fesstelle: Nix sare es voll Jold, de Schnüss schwahde es letzendlech Selwer on zovill sare emmer voll Blech!   (2007)

Wat Stähne verzälle

Em Momäng hammer beinoh jede dredde Daach ene Je-
bohtsdaach zo fiere. „Schonn widder ene Widder!", hann
ech letzde Woch dreimol roofe könne.
Häste ene Hoope Widdere öm dech eröm, merkste
flöck, dat de Stähne nit löje. Wat de Astrolojie dodröwer
verzällt, dat deht stemme. Äwer wie! So'ne Widder – ejal
of Männeke odder Fräuke – well emmer mem Kopp dörch
de Wangk, hät nit jrad Engelsjedold, för däm künnt so ene
Daach jähn drissesch Stond hann, all dat, wat fies fad es,
kann hä nit verknuse on op jet wahde mösse schonn emol
janit. Doför deht so'ne Widder sin janze Ömjäwong aan-
stecke, wenn hä för en Flamme am stonn es. Als Baas op
de Chefetasch mäkte sech prima, do kann hä denne ange-
re joot onger de West deue, wat se zo donn hannt. Dobei
es hä äwer nie fies henge eröm. Nä, kahpafdesch direkte-
mang vör de Schnüss säht hä dech, watte denkt. So weeß
mr och trek, wo mr draan es.
Wellste kinne Knatsch, Knies odder Stress met ehm
hann, lösste däm am besde make, watte well. E Läwe met
so'nem Widder es nie fies fad, doför rongkeröm rösech.
Nit för ömmesöns hät dä Widder em Fröhleng Je-
bohtsdaach, wo et drusse am spreeße, blöhe, höppe on
wibbele es, meent de Astrolojie, on die moss et jo wesse.

(2009)

Ons Kähls hannt et em Kopp

Hüttzedaach kammer Ziedonge koofe för alles on nix, för
Alt on Jong, för Esse on Drenke, för Liew on Seel, och för
Frollütt on Mannslütt. Et jöwt en Ziedong, die nennt sech

„Men's Health", wat eso vill heeß wie „Kähls ehr Je-songkheet". Met däm englesche Name deht mr sech trek ene jlobale Deu aan, wat sech natörlech besser verkoofe lösst.

Wie kritt mr nu so'n Ziedong voll? Do moss mr sech schonn jet enfalle losse. Jesongkheet deht em Kopp aan-fange, hät sech de Redakzijohn jedacht noh däm Motto von de alde Römers: Mens sana en corpore sano, d. h.: Beste em Kopp joot drop, deht et alles angere och.

Kooz on joot hät mr en däm Blättche vör koozem en Statistick läse könne, die erusjefonge hann well, wo hee bei ons de Mannsbelder vill em Kopp hannt on wo nit.

Doför mossden ons ärm Kähls op bloß zweihondert-zwanzesch fies schlaue Frore flöck de rechtije Aantwohd parat hann. För zom Beispell mosst mr wesse, wä dä alde Aristophanes jewäse es! Au weia! Häddenste dat jewosst? Ech nit, äver ech ben jo och ki Mannsbeld!

Erusjekomme es also dobei, dat de miesde Schlau-köpp onger denne Mannslütt owe onger denne Nord-lechter en Hamborch zo fenge send. Schad, dat keener hee von de Düssel dobei jewäse es! Äver ons Jonges stonnt emmerhen op Platz veer on dat sojah vör denne Kähls us Kölle op Platz secks! Ätsch! Dat deht doch joot, odder?

Ech hann et doch schonn emmer jewosst, dat hee vill Schlauköpp öm mech eröm send. Wat de Eitelkeet aan-jeht, do kammer ons Kähls sojah op Platz eens fenge. Do-för hannt äver de Kölsche Jonges mieh Courasch em Liew als wie de Düsseldorwer.

Wat soll et! Mäkt nix! Leewer schön on schlau als wie dusselech couraschéért! *(2008)*

MAI

Mai-Bohei

Em Hemp Hummele
drusse bummele
flöck flaneere jonn
vör de Kneipe stonn
dörch Buticke loofe
lilla Fummele koofe
onger Palme am Rhing
Stöhl em Sonnesching
Latte macchiato kippe
am Prosecco nippe
wisse Böötches op Jöck
möde Fööß hannt Jlöck
Kö-Terrasse opjemaht
Lütt bekicke aanjesaht
Jollefschläjer schwenge
ohne Wengk von henge
Hörnche Ies op de Hangk
Blare brassele em Sangk
Blömkes op de Wies
Hemmel blau nit jries
Mösche am höppe
Jubel em Döppe
Do semmer dobei
beem Mai-Bohei   *(2006)*

Mai – jrön on schön

Nu esse widder do, dä sojenannde Wonnemonnd, dä Mai! Öwerall deht hä sech ene dicke Deu aan: em Kopp, em Hezz, op de Zong bes en de Fööß! Fröher jenge dech so Leedches nit ussem Kopp: „Dr Mai es jekomme, de Bööm se schlare us!" Dat mosssden mer als Pänz en de Scholl senge. Späder hammer dann em Karneval jeschmeddert: „Äwer em Mai do wähd et widder jrön, do blöhe de Bööm, do esset schön!"

Wie schön dat es, kammer jetz öwerall erläwe.

Drusse op'm Land donnt de Jonges ehrem Liebche ene staatse Maiboom met vill bont Jedöns draan vör de Dör stelle. Denn et deht nit bloß drusse en de Natur jröne, blöhe, knalle on kribbele. Jrad em Mai esset och drenne em Kopp, em Mare, em Hezz am wibbele on kribbele.

Schonn Heines Harry hät dat Kribbele jeföhlt: „Em Mai, wenn all de Knospe knalle, hann ech mech en dech verknallt!"

Hezz verlore? Schmedderlenge em Mare? Dann weeßte: Dr Mai es jekomme! Och wemmer schonn em dredde Plöck es, also kin zwanzesch mieh, kann och dech em Mai so e Jeschoss vom Jott Amor, dä jetz Säsong hät, treffe. Dä Jong es nemmech em Mai sinne Köscher am leer make on met Kawupp öm sech eröm am scheeße. Pass op, et moss doch nit emmer ene Hexeschoss sin!

Häste Kribbele en de Fööß, kannste hütt Owend öwerall en dä Mai erin danze. Morje dehste drusse Maijlöckskes plöcke odder Waldmeester söhke för en süffije Maibowl. En Maischoll op Maischaffu schmeckt och lecker, dann häste och Mai op de Zong! Bloß Mairäje, op'm Kopp, dä kann mech jeklaut bliewe, wahse well ech nimmieh!

(2007)

Hierode moss mr em Mai

Ons Statisticker wesse et emol widder janz jenau: En kee-
nem angere Monnd wähd so vill jehierodt wie em soje-
nannde Wonnemonnd Mai.

Hee bei ons op de Inselstroß jäwe sech de Päärkes de
Dörklengk en de Hangk. Do es jetz e Jedräng on Jeknub-
bels als wenn et do jet ömmesöns jöw!

Nu dommer ons frore: Woröm deht et denn nit och
ene angere Monnd? Nä, em Aprel, dä deht jo make, watte
well, künnt et doch medde dren op emol fies räjene, on
dann hädden de ärm Braut direktemang nasse Fööß en de
wisse Sandalettches! On so herrleche Locke wöhden em
Räje flöck wie Spajetti am Kopp kläwe.

Nä, Juni jeht och nit! Do künnt de Sonn als so lecker
heeß brenne, dat dä ärme Bräutejam trek en sinnem
schwatte Aanzoch de eeschte Hetzewell kritt on däm de
Schweeßdroppe bloß eso vom Kopp en dä staatse Hemp-
krare erafrolle. Wie süht denn sojet op'm Fotto us!

Nä, op so'nem Hochzietsfotto moss mr en bella fijura
make, denn dat es doch jet för et Läwe, wat mr sech och
noh drissesch Johr noch aankickt.

On wenn dann späder dä Oppa för de Omma bei de
Joldene Hochziet säusele kann: „Weeßte noch, Liebelein,
mer zwei domols em Mai ...?"

Dann hät dat doch jet! Dojäje kütt ene Aprel odder
Aujust nit met!

On em Herws well och keener hierode, denn dä kütt
doch noch fröh jenoch odder?   *(2009)*

Vill Jedöns öm dr Bierjahde

Es ene Bierjahde wat Schönes odder wat Fieses? Sommer met de Höhner schlope jonn odder es mr leewer en Nachtuel? Deht mr sech met en janze Bajasch von Frönde drusse e lecker Bierche kippe odder bliewt mr stickum on drüch zo Huus hocke? Soll so'ne Kneipier de Lütt af zweionzwanzesch Uhr erusschmieße odder lösst hä se bes en de Poppe setze on verdeelt för ömmesöns Ohro-Pax-Päckskes aan de janze Nohberschafft en de Hüüser drömeröm?

Dat send Frore, öm die et jedes Johr, wenn et drusse lecker wärm wähd, Knatsch on Knies jöwt. Mr künnt natörlech sare: Mr moss och jönne könne. Lommer denne Lütt dat Verjnöje, denn hee es de Sommersäsong kooz jenoch. Lommer jlobal denke on de Naacht wie en Italije on Spanije zom Daach make!

Ech kann min Schnüss joot wiet oprieße, denn ech donn wiet fott von enem Bierjahde wohne. Angers eröm jesenn – hädden ech mi Appartemäng jenau näwe so'n Radaubud – kammer janz flöck ene Nörjelspitter on Nöttelefönes wähde, wemmer ki Öjelche zomake kann. Solle so Krawallbröder doch vör en angere Dör erömplärre, äwer nit jrad vör de minne!

Ech moss jetz ophöre, denn ech ben em Bierjahde enjelade. Do make mer jlich e Fass op, äwer höhsch on stickum nit! Adschüss!   (2007)

All de Piepmätz send schonn do

Dat Leedche von de Piepmätz, die all schonn do send, hammer fröher als Kenger em Fröhleng jesonge. De janze Vorelbajasch wohd opjezällt: Amsel, Drossel, Fenk on Star. Min Omma selech hät sojah noch för en Amsel „Merl" jesaht, doch dat Wohd kennt mr hütt ja nimmieh. Ech well äwer jetz hee kinne schlaue Verzäll us de Ornitholojie aanfange.

Ech well üch wat medde ussem Läwe verzälle. Nu pass ens op! Wo mr jrad bei de Vöjelches send, kennste denn och en Schnapsdrossel on ene Schlockspecht? Jetz deht mr sech doch frore, wat denn so'n ärm Drossel mem Schabau zo donn hann sollt. Dat Dierke wöhd doch jlatt vom Boom falle, künnt kinne Flöjel mieh häwe, wenn et sech Sammetkräjelches on Körnches kippe wöhd. Kin Sorch, dat Piepke es kinne Alkoholicker. Fröher hät mr nemmech för de Kehl och Drossel jesaht. Dat hät mech fröher minne schlaue Oppa verzällt, dä emmer jähn en alde Bööker am erömschmökere wor.

Hät sech för zom Beispell dä Schäng-Pitter jähn e Schnäpske dörch sin Kehl bzw. Drossel loope losse, hätte flöck dä Name Schnapsdrossel am Been jehatt, besser jesaht am Hals. Hütt deht mr dä Usdrock nimmieh so offt höhre odder heeß dat etwa, dat et bloß noch abstinente Lütt jöwt? Dobei künnt ech direktemang ene Hoope von Schabau- on och Killepitschdrossele opzälle.

Woröm mr usjereschnet däm ärme Specht, däm Brasselemanes von Holzhacker, dä mieh am kloppe als wie am schlocke es, för ene Suffbroder aankickt, kunnt och minne Oppa selech mech nimmieh verzälle.

Donn doch ens em Internett e beske erömgoogele, wie et kütt, dat dä Specht so'ne ärme Schlocker jewohde es! (2010)

Alles för de Katz

Nu well ons Rotzech, et Ann-Kathring, en Katz hann! Vör sibbe Woche wor et noch ene Hongk, äwer dä hammer ehm jrad noch usrede könne, denn met däm Fifi hädden doch bloß dr Papp odder de Mamm morjens fröh vör'm Opstonn on owends vör'm Schlopejonn Jassi loope mösse.

Nu jöwt et ki Zoröck mieh, de Omma – kann en Omma öwerhaups nä sare? – hät däm Kengk dat Kätzke versproche, on de janze Famillich es sech jetz am schlau make, domet so'n Katz bei ons nit läwe moss wie ene Hongk.

So'ne Fifi es nemmech sojet wie ene Jourmang, also en Fressklötsch, dä deht alles fresse, wat däm vör de Mull kütt. Janz dat Jäjedeel es so e lecker Kätzke, nemmech ene Feine-Pinkels-Jourmee, also e Etepetetche. So'n Miez well sibbemol am Daach jet schlecke on emmer moss et en Telikatess sin, söns mäkt se de Schnüss eesch janit op on deht direktemang met Depressijohne reajeere! Dat hann ech jrad em schlaue Katzekochbook nohjeläse!

En de Jlotzkest kannste dech ene Werbespott aankicke, wo en Miez piekfein vom Joldrangktellerke e Fleeschstöckske mem Basilikumblättche drop als Appetizer verkimmelt! Do fällt dech doch nix mieh en! Et deht bloß noch de joldene Jaffel fähle!

Nä, so e vörnähm Jedöns dommer ons nit aan! Ons Katz kütt en dä Jahde on fähdech! Do kann se, wie sech dat för so Dier met Jachdinstinkt jehöht, henger en Muus herjöcke on jare, ussem Jahdetümpel e Stacheiditzke schnappe odder sech vom Prummeboom en Mösch kralle.

Katz hen, Katz her! Mr kann och alles öwerdriewe!

(2008)

Tennis-Tamtam

Ech hann als en Kähz en de Lambätes-Kerk aanjemaht, domet dä hillije Pitter von owe de janze Woch nix wie Sonnesching erongerscheckt. Ech hann kin Lost, fies nasse Hoor on Fööß zo kreeje beem „Wöld-Tiem-Capp". Och so'ne Tennisspeeler deht leewer schön em Dröje erömhöppe als wie fies em Räje.

Met wievill Schmackes so'ne Düwelskähl op dat ärme jähle Fillezbälleke am haue es on met wievill km/h so'ne Opschlach öwer dat Netz kütt! Leck mech en de Täsch! So flöck kammer janit kicke!

Öwerhaups hannt de Jonges do onge op däm rode Sangk e Tempo am Liew bzw. aan de Fööß, do kammer bloß von drööme. Wie e Dilldöppke jöcke se von henge noh vöre on von een Sitt op de angere. Piepejal wie, längs odder kwer, kooz odder lang, all dat deht fluppe wie nix. Och wemmer ene stiefe Hals kritt vom ewije Koppdriehe on Kicke noh reihts on lenks, dat mäkt nix! Och ene Zoschauer sollt sech e beske bewäje, on nit bloß fuul erömsetze.

Wat mr do süht, moss mr sech direktemang emol henger de Öhrkes schriewe. Vom Zokicke kammer sech och jet afkicke! Dat moss ech dann nächsde Woch en minnem Frollüttsdoppel en ons Clubb och ens probeere. Do wähde de Mädches op de angere Sitt vom Netz äwer Öjelches make on sech wärm aantrecke mösse! Dat jöwt e Mätsch wie ussem Belderbook!   (2008)

Spass beem Dockter

Am beste esset, mr es jesongk on moss eesch janit nohm Dockter jonn.

Äwer dann häste doch emol fiese Maläste odder noch fiesere Ping, dat et nit zom Ushalde es, on dann nix wie en so'n Praxis odder Ambulanz erin!

Wemmer sech eesch e Nömmerke trecke moss, wie fröher aan de Fleeschthek em Supermaat, öm för draanzokomme, dann weeßte, dat dat Krankehuus siet zwanzesch Jöhrkes kin Renoveerong mieh jesenn hät. Dann kannste bloß hoffe, dat dinne Medicus nit och von anno dunnemols es odder dech nit och för e Nömmerke aansüht.

En so'n moderne Praxis wähd mr, wenn mr vill Jlöck hät, noh en Stond dörch ene Lautsprecher opjeroofe, dä am knarze on am knurze es, so dat ene Pazzijänt met schleihte Öhrkes offt bes owends spät do setze blieft.

Herrlech esset och, wenn so'n Schwester Rabiata janz en Wiss, dech en dat Ustreckkabüffke erindeut, öm för dech dann schonn emol „frei zo make". Dann hockt mr halfaanjetrocke do eröm wie so e Hööpke Elend, bes dä Härjott em wisse Kiddel erinruuscht, sin Öjelches op dat näckelije Been odder op e anger Körperdeel schmießt on aanfängt zo flöte: Na, wäm hammer denn do?

Mech esset siet Woche em lenke Knie fies am knacke, wenn ech de Trepp eropklömpe moss. Wat nu? Jetz ben ech am hen on her simoleere, wat ech donn soll. Nä, ech jlöw, et es noch e beske zom Ushalde. Leewer op de Zäng bieße on flöck ens noh min Apthek hömpele, öm för mech eesch emol en Packong Pingpillekes zo koofe. So e Wahdezemmer kann noch wahde! *(2008)*

Wat es ene Schwahdlapp?

Ech hann noch hütt minne Papp selech en de Öhrkes, wenn dä sech öwer ene angere Kähl us sinnem Käjelclubb am opräje wor: „Nä, wat es mech dat för ene dolle Schwahdlapp!"

Als kleene Stropp hann ech mech dann emmer vörjestellt, dat dat sojet wie 'ne Lappe zom Potze on Poleere jewäse wör. Also so e Modell Schöddelplack! Wor et äwer nit! Späder wosst ech dann, dat domet e Mannsbeld jemeent jewäse es, dat sin dusselije Schnüss nit halde kunnt on von morjens bes owends am kwassele wor. Dat hädden mer jo jlatt ushalde könne. Äwer däm sinne Verzäll es natörlech nix wie Kalmeskäu jewäse, on dat wor ehrlech nimmieh zom Ushalde.

Hütt ben ech mech am frore, wieso dat ene Usdrock bloß för Mannslütt es. Eejenslech säht mr doch emmer, dat Frollütt von Huus us vill kwassele on bei denne de Schnäbbelschnüss nit stell stonn kann. Doför jöwt et natörlech och ene Hoope von Usdröck, die ech äwer jetz hee nit verrode well. Dat Wohd Schwahdlapp es ene Usdrock för Mannsbelder, on säht eenem doch schwazz op wiss, dat och ons Mannslütt Kwasselemanesse sin könne, söns wöhd et doch dat Wohd janit jäwe.

Dozo kütt noch, dat ene eschte Schwahdlapp – janz afjesenn von sinnem Kalmeskäu – sech och noch selwer so jähn schwahde höht!

Deht dech nu so e Mannsbeld pö-a-pö öm dech eröm lecker fies op'm Driss jonn met sinnem bekloppte Verzäll on domet och ja nimmieh ophöhre well, dann weeßte, wat dä Kwasselemanes es: ene Schwahdlapp! (2005)

Wohen mem Krütz

Denk jetz bloß nit, dat ech nu och dat Krütz von de Wangk rieße well, nit ussem Jerecht on och nit us de Scholl. Dat wolle nemmech em Momäng janz vill Lütt on jlöwe, sech domet ene wechtije Deu aanzodonn.

Nä, ech denk doch bloß aan dat Krütz, dat mer hee en NRW am Sonndaach öm Joddes Welle aan de rechtije Stell make mösse. Also nix met fott domet! Em Jäjedeel, rechtech hen domet! Hät mr joot opjepasst, dann weeß mr jo, wat ons NRW-Politickers sech op et Projramm jeschreewe hannt. Jede Daach kannste dat en de Printmedije jenau läse on dech noch jenauer en de Jlotzkest aankicke on aanhöhre. Dä eene säht so, on dä angere so, on aan eenem Strang zosamme wolle se nit trecke.

Mer kleene Lütt könne emmer bloß staune, wat „die do owe" för e Züppke am koche send, dat mer „hee onge" dann uslöffele mösse, och wenn et ons janit schmecke well.

Mäkste nu dat Krütz beem Jörjen odder beem Hannelörke? Odder dehste dech leewer jet us de Färwpalett ussöhke: Jähl, Jrön odder Donkelrod? Mäkste nu di Krütz aan de falsche Stell, dann kannste de Zupp lecker uslöffele, die de dech selwer enjebrockt häs! Dann bruchste am Äng och nit zo kühme, wenn de dech met dinnem eejene Rezepp verdonn häs.

Wenn mech dat bloß nit op dr Mare schläht, wat am Sonndaachowend eruskütt! Häste och schonn fies Buckping odder schlockste alles wat kütt? (2010)

Däm Schiller si Marieche

Häste fröher en de Scholl joot opjepass, wie mr de Klassi-cker dörchjenomme hannt? Dann dehste jo och däm Schillers Freddy kenne.

Däm sin Stöckskes för de Böhn wore miesdens jet zom Kriesche, erjenswie bedröppelt also sozesare Dra-men. Eens von denne Drame kannste dech em Momäng hee em Schauspeelhuus aankicke.

Mr moss jo hüttzedaach met de Ziet jonn, d. h. dat och ene Klassicker sech ene moderne Deu aandeht.

Also, et Stuarts Marieche, Majestät von denne Schotte, hät fies Knies mem Lisbethche von England. Dröm höppt et em Ongerhempche on op näcke Fööß em Kaschott eröm. De Mannslütt drömeröm hannt Klamotte aan wie so Männekes von de Wach- on Schleeßjesellschafft, adeli-je Kähls loofe em Stroßeaanzoch eröm, bloß de Majestät von England, et Lisbethche, deht em staatse Satängkleed erinruusche. Am Äng esset angers eröm. Bevör se däm Marieche afmurkse, darf et sech en sin Majestätsklamot-te schmieße, doför kütt dann et Lisbethche op Stöckel-schoh on em Business-Kostömche eraan. Reschie on Dramatorjie hadden emol widder de Hangk am Puls-schlach von de Ziet!

Nu froch ech mech: Wöhd dä Schillers Freddy sech en de Kest erömdriehe, sojah roteere wie ene Mixer en de Kösch odder applodeere, wenn hä dat noch erläwe künnt?

(2008)

Von nix kütt nix

Sprechwöhd jöwt et wie Sangk am Meer. Sprechwöhd för alles on nix, dat eene säht so on dat angere so.

Min Omma selech hät fröher emmer jesaht: Kengk, halt dech drus, dann küttste och nit erin! Dojäje wor dä Oppa am töne: Däm Dropjänger jehöht de Welt. Dä eene säht: Von nix, kütt nix! Dä angere meent: Et es wie et es. Jetz kannste dech jet ussöhke: Vörnähm zoröckhalde odder feste drop kloppe?

En Britannije hannt psüscholoresche Schlauköpp wessenschafftlech erusklamüsert, dat et lecker joot deht, sinnem Cheff emol rongkeröm de Meinong zo jeije, däm Baas rotzfresch vör dr Latz zo knalle, wat enem aan däm jefällt on wat nit. Dä Kähl wör dann sojah dodröwer janz jlöcklech, denn nu wösst hä jo janz jenau, watte zo donn hädden för e prima Klima en sinnem Lade.

Also kooz emol Damp aflosse, so'nem Printemann von Cheff de Lewitte läse, dat deht joot on es och jesongk.

Bloß nit fiese Ärjer erongerschlocke, dat jöwt flöck Marejeschwöre on fiese Jallesteen. Kin kleene Brötches backe, leewer de Zäng zeije on de Schnüss opmake noh däm Motto: Emmer feste drop! Wä sech traut, jewennt!

Nu weeß ech och endlech, woröm min ärm Mamm, die emmer alles jeschlockt hät, et eso fies am Mare jehatt hät! Denn … von nix kütt nix!   (2010)

Pack de Badebux en

Dat es ene Hitt von anno, dä fröher, so vör e halw Johrhondert, dat Froboessen's Conny jesonge hät. Äwer dat wesse hütt bloß noch Lütt, die ene Pöngel Jöhrkes op'm Buckel hannt.

Jrad dat Leedche fällt mech en, wenn ech en de Ziedong läse kann, dat de sojenannde Freibadsäsong aanjefange hät. En Kieschwäth on am Ongerbacher See kannste als siet letzde Woch – „yes, we can outdoor" – schonn drusse ennet Becke höppe on dech bei Wengk on Wähder ene Tremm-dech-Deu aandonn.

Öwerall söns, en Lörrick, em Rhingbad, em Allwähderbad Flengere odder en Benroth, mosste, öm för drusse zo schwemme noch jet wahde. Do moss noch e beske rongkeröm op propper jebrasselt wähde, äwer dann em Wonnemonnd Mai jeht och do öwerall för Jroß on Kleen de nasse Post af.

Wenn nu hee öwerall de Freibadsäsong vör de Dör am stonn es, mösse mer ons selwer och e beske opbrassele on optakele. Häste dech schonn en de Badebux vom letzde Johr em Speejel bekickt? Äwer nit von henge wiet fott, kick fies jenau hen, von henge on vöre on och von de Sitt, on wenn et sin moss, sojah mem Brell op de Nas! Au weia! Entweder trek e neu Badeoutfitt XXL koofe odder en Rubbeldidupp-Diät make.

Met so'n schöne neue Kawenzmannsbadebux kannste trek drusse schwemme jonn. Met so'n fiese Afspeckdiät moss mr noch jet wahde, bes mr sech drusse kicke losse kann. Mäkt nix, lösst mr äwe eenfach de eejene Freibadsäsong zwei Woche späder aanfange! Wie säht mr hee eso schön: Küttste hütt nit, küttste morje. Dä Sommer löpt dech nit fott! (2009)

Sonnesching on Röggeping

Nä, wat wor dat e Wocheäng! Sonnnesching von vöre bes henge! Däm Jahdebesetzer deht et dann en alle Jleeder kribbele on jöcke. Ene Minivörjahde, ene Schlosspark oder bloß ene Schräwerjahde, wat et och es, dodren moss jetz jebrasselt wähde. Von morjens bes owends es Wulacke aanjesaht, häste-wat-kannste!

Blomebeete ömjrawe, Rabatte aanläje, Bööm, Bösch on Hecke kooz schnibbele, Wäje fäje on Onkruut eruszuppe! Met Schmackes wähde Jeeßkanne erömjeschleppt, on met Kawupp deht mr de Schörjeskarr rabbelvoll met alde Bläddere on Wohzele nohm Komposthoope deue.

Mösse denn sonnejähle Löwezäng et sech emmer widder usjereschnet en de Retze von de Terassesteen jemötlech make? Mösse se denn och so fies lange Wohzele hann? Löwezäng en de Häng, äwer de verdammpe Wohzele bliewe stecke en de Ähd!

Spass aan dr Freud em Fröhlengsjahde! Mr litt stondelang op de Knie, treckt Onkruut erus, deut Blömkes erin, pöngelt sech met Torf- on Blomeähdsäck af on es Hack on Hark am schwenge.

Au weia, dat hält dat besde Krütz nit us! Morjens noch rösech erömjehöppt, owends mem Hexeschoss wie en lahme Ent am kruffe.

Schad, dat mr hee kinne Jahde Ede mieh hät! Do es doch all dat von alleen am jröne on blöhe jewäse. So'ne Adam wor doch bloß am lostwandele, Brasselei on Ping hätte nit jekannt.

Wat soll et? Leewer eemol Ping liede, doför äwer nit erusjeschmesse wähde! *(2007)*

JUNI

Mer bliewe Radschläjer

Näwe ons alde Schlosstorm deht ene Bronne stonn, op däm send zwei Pänz et Rad am schlare. Dodronger kannste en Steen jehaue läse:
Wie jeck et de Minsche och driewe, mer wolle Radschläjer bliewe!
Jenau so esset!

Och wemmer hüttzedaach koom noch Radschläjer op de Kö odder en de Aldestadt fenge kann, dommer aan so'n alde Tradizzijohn festhalde. Schonn 1288 wie de Verkamesölerei op de Worrenger Heid am Äng wor, mer hee Stadt jewohde send, de Kölsche äwer de fiese Schlacht verlore hadden – ätsch! –, hannt schonn de Blare von de Düssel vör Freud mem Radschlare aanjefange. Do kannste emol kicke!

Nu deht alle Johr widder ons Börjervereen „Alde Düsseldorfer" dat Radschläjerturnier op de Been stelle. Am letzde Sonndaach op ons Rhingpromenad hannt ons Ströpp jezeicht, wat se so drop hannt. Met Schmackes on Kawupp send se op Häng on Fööß jeloope, so flöck kunnt mr janit kicke! Papp on Mamm drömeröm hannt stolz applodeert, ons OB hät dr Scherm dröwer jehalde on de Stadtsparkass hät de Spendeerbux aanjetrocke.

Ene eschte Düsseldorwer bliewt sowieso si Läwe lang ene Radschläjer. Och wenn de Knöckskes knacke, on mer aanfange e beske waggelech zo wähde, bliewe mer em Hezz jong on könne em Jeist emmer noch e Rädche schlare.

(2007)

Braun wähde es Brassel

Dr Düsseldorwer deht jähn met sech selwer stronze, well emmer joot ussenn on deht sech offt för de Bjutti fies afbrassele.

Hüttzedaach moss mr en lecker braune Huutfärw am Liew hann, öm joot uszosenn. Piekfein blass es „out"! Och wemmer hütt fies jenau weeß, dat mr em Alder en Huut wie ene Schrompelsappel kritt odder sojah fiese Krebs, wemmer sech e Läwe lang hät von de Sonn braun bruzzele losse, es dat de miesde Lütt piepejal. Hütt es hütt, on morje kütt eesch!

Hütt hät et Finche-Fiona sech en de Bjutti-Butick ene Hoope Fläschkes jekooft, domet et bes owends wie e lecker Schockeladeplätzke ussenn kann. Denn dann well et met sinnem Hospes, däm Manes-Renee, en de Disco erömhöppe on en bella fijura afjäwe.

Wat deht et nu? Nix wie ennet Löricker Schwemmbad jejöckt, sech em Mini-Bikini en de Sonn jeknallt, rongkeröm enjeschmeert met de düere Anti-Age-Sonnemelk, alle fuffzehn Menudde ömjedrieht, domet mr och von alle Sidde jejrillt wähde kann, on am Äng noch After-San-Loschen drop, domet mr sech nit et Fell fies verbrennt.

Owends hät et usjesenn wie en knallrode Tomat, äwer nit wie en Schockelad. Vill bewäje kunnt et sech och nit, denn dä verdammpe Sonnebrand hät fies wieh jedonn. Disco on Danze kunnt et sech afschmenke.

Mäkt nix, hät sinne Manes-Renee jesaht, jommer äwe ennet Kinno, do esset düster on mr süht dech nit!

So kann et jonn. Von nix kütt nix, on et hät äwe nit emmer joot jejange! *(2009)*

Nit ohne Sonnebrell

Em Sonnesching kammer nit joot kicke. Mr es am blenzele, de Öjelches am zosammekniepe on dobei de Stern fies am ronzele. Flöck hät mr en Plisseevisasch on süht us wie so'ne schrompelije Appel. Dröm es Sonnebrelldrare aanjesaht em Sommer, äwer nit bloß deswäje. Nä, mr well sech met däm Dengen och dat eejene Outfitt e beske opbrassele. Em Kinno jöwt et jrad ene Hoope Sonnebrellfilme. Wemmer sech för zom Beispell „Ocean's Eleven" aanjekickt hät, well mr sech als Kähl trek och ene coole Deu aandonn, endäm mr sech en dolle Sonnebrell op de Nas deut.

Mer Frollütt könne ons dodröwer bloß ameseere. Mer wesse als lang, dat en schwatte Brell us enem Mödköttel noch kinne Dropjänjer mäkt. Jähn deht sech och so'ne Stronzebühdel en Pilotebrell koofe, öm för domet uszosenn, wie wenn hä locker flockech mem Stüerknöppel von sinnem Priwatfleejer erömhanteere künnt.

Och Frollütt drare jähn e rösech Sonnebrellmodell, met däm se sech vörkomme könne wie anno et Jarbos Jretche odder hütt et Jolies Anschelina. Kütt janz op et Alder aan.

Bes mr en so'n Optickerbutick dat Jestell jefonge hät, wat möngkesmoß op de Stähneoore on op de Nas passe deht, send rubbeldikatz fönnef Stond eröm.

Nit bloß Klamotte make Lütt, Brelle donnt dat och!

(2007)

Ene Mattjes kütt selde alleen

Nu hammer se widder, de Mattjesziet! Hm, lecker, mech es als hee beem Schriewe dat Wasser en de Mull am zosammeloope!

Fröher hät et zo Huus bei min Mammm selech emmer jetz öm die Ziet eröm Mattjes jejäwe, äwer nit em Alleenjang. Ene Pöngel von denne leckere Dierkes wohd met Äppelstöckskes, Minijörkskes, Zwibbele kleen jeschnibbelt, en so'n dörch on dörch „kallorijeärme" Sahnezauß erinjedeut on dann met vill Jeföhl höhsch dörchenangerjemengt.

Wenn dann noch en aanständije Pann met Brodsähpel op'm Desch stung, wor dat escht e Jedecht op de Zong! Doför wöhd ech hütt jlatt on direktemang so e Tellerke met en Lichter-Lafer-Lecker-Kreazzijohn stonn losse. Nä, do könne so Köschekönsler nit draan tippe!

Joot, dat mer hee us ons Nohberschafft nit bloß Edamer Kies, Tolpezwibbele on Wassertomätches noh de Düssel importeere! So e jong Feschke es werklech dat Tüppelche op'm i. Mr kann och trek emol noh Holland jöcke, öm för do sozesare vör Ort, direktemang fresch jefange, so e Dierke am Stähz aanjepackt sech op de Zong läje.

Äwer emol janz ehrlech jesaht, es mech so'ne Mattjes aanjemaht vill leewer. Mech deht jrad so'n Schiew Schwattbrod met Mattjestartar drop enfalle! Nu moss ech äwer trek hee emol kooz e Päuske make met minem Verzäll, en min Kösch loope on mech jet Leckeres parat make.

Dat Schönnsde am Mattjes, ejal of alleen odder met jet drömeröm, es dat Jläske Alt dobei, söns kann doch so'ne Mattjes nit so flutschech erongerrötsche! On dat Äng vom Leed es dann sozesare als Afsacker noch e lecker Schnäpske. Prösterke!

(2008)

Noch eemol schlope

Nä, dann hammer nit Hillije Owend! Äwer wat ene esch-
te WM-Fän es, däm es dä Owend morje och hillich. Noch
eemol schlope, on dann kömmer widder kicke, wie ons
Jonges henge wiet fott en Johannesborch jäje dat Bälleke
träde (on nit jäje däm Boatäng si Been), öm för dat Den-
gen jenau en dat Jhana-Tor erinzodeue on nit op de Latt
zo knalle.

Hee so wiet fott kannste natörlech doför nit eso vill
donn, bloß bäde on Duume dröcke. Äwer söns kannste
dech schonn emol en fanatesche Stemmong brenge, on
domet deht mr am besde schonn hütt aanfange. Nä, nit en
de Remmidemmi-Tröt blose, denn dat Vuvuzela-Dengen
mäkt vill zo vill Radau on Ping em Ohr! Dä Kaste mem
Altbier hät sech dä Duumedröckers Döres als möngkes-
moß ennet Huus brenge losse, denn mem Selwer-Schlep-
pe künnt mr sech flöck ene fiese Hexeschoss aanbrassele.
On met Röggeping mäkt dat Zokicke em Sessel doch kin-
ne Spass mieh!

Joot, dat dat Speel morje eesch am Owend es on nit
schonn meddaachs! Letzde Woch es doch dä Primelbecks
Pitter mem Podolski-Trickoh dr janze Daach en sin Pra-
xis erömjeloope. Ki Wonder, dat sin Pazzijänte direkte-
mang jejlöwt hannt, se hädden Halluzinazzijohne.

Wenn hä sech morje eesch am Owend zo Huus en dat
Trickoh schmießt, meent bloß si Fräuke on de Pänz, dat
dr Papp nimmieh alle Tässkes em Schrank hät.

Nu ben ech jrad am hen on her simoleere, wie mer
morje Owend ons selwer on och de janze Bud op WM op-
brassele künnten, domet de rechtije Fän-Stemmong op-
kütt. Häste kin usjefallene Idee?   (2009)

Emmer widder Böökerbummel

Alle Johr widder, wenn dä Juni kütt, wähd us ons Kö met vill Jedöns on Bohei en Kawenzmannsböökerbutick. Alle Johr widder donnt de Orjanisatore nohm Hemmel kicke on send am bäde, dat dä Pitter do owe bloß Sonnesching on kinne Räje am erongerschicke es, domet de ärm Lütt op de Kö kin nasse Fööß kreeje.

Offt jenoch esset nemmech so jewäse, so dat mr jlatt jlöwe künnt, dat dä Pitter met Bööker nix am Höötche hät.

Alle Johr widder deht ons Stadtsparkass, die nit bloß prima Millijöhnches von Kreditte aan Wengkhöng verschenke kann, och de Spendeerbux för aanständije Lütt aantrecke.

Alle Johr widder kammer sech Litteratur on och sojet, wat dat eesch wähde well, öwerall erintrecke. Nit bloß op de Kö em Läse-Zelt odder Karrikature-Pawilljong. Nä, et wähd jeläse, wat dat Züch hält, op Düwel-komm-erus och op'm Böötche op'm Rhing, em Heine-Huus on Heine-Institutt, em Schumanns Clärche sin Musickscholl, em Film-Moseom, em Sparkass-Forum, em Zakk, en de Stroßebahn, bei Prommis zo Huus em Salong on ech weeß nit, wo söns noch öwerall!

För Läseratze on Böökerwörm es dat Wocheäng dat Tüppelche op'm i. Dat Motto heeß: Läse mäkt schlau. Also nix wie noh so'n Läsong henjöcke, de Öhrkes opstelle on sech e Book koofe, och wemmer schonn eens hät! Denn ene interlecktuälle Deu deht mr sech doch emmer jähn aan odder wellste als Strühkopp aanjekickt wähde?

Ech op alle Fäll nit! Ech mak mech jetz schonn emol en jroße Täsch parat, domet ech mech ene Pöngel Bööker noh Huus schleppe kann, on domet de Lütt och all kicke könne, dat ech jet em Kopp hann. *(2008)*

Pänz on Pauker könne höppe

Juppheidi on Juppheida! Nix wie Hurra on Tralala! Brasselei on Wulackerei am Äng, Fuulenze on Ferije vör de Dör! So Sommerschollferije send doch dat Schönnsde op de Welt, on dat nit bloß för Pänz, nä och för ärm jeplochde Pauker.

Kinne Schollbrassel mieh, kinne Stress mem Kontrolleere von Huusopjawe, mem Oppasse op de Blare, mem pingelije Korrejeere von Pöngele von Fählere, mem Simoleere öwer Koppzensürkes. Dä beröhmde rode Steft kann sech nu e beske reste, hät och Ferije.

Zeuchnisse hät et jejäwe, on domet hät et Finche-Fiona schwazz op wiss, dat et en de Scholl wie e fleißech Lieske jebrasselt hät.

Au weia, dä Schäng-Charly dojäje hät fies Schiss en de Bux, sinnem Papp dat Blättche onger de Nas zo halde, op dä och schwazz op wiss, d. h. fies jenau, läse kann, dat dä Rotzech fuul wie ene Ähdähpelssack jewäse es.

A propos Papp! Dä es natörlech fröher emmer dä Besde öwerhaups von de janze Klass jewäse. Bloß schad, dat all sin Zeuchnisse beem Ömtrecke von Flengere noh Kappeshamm verlore jejange send! Komesch, dat et fröher en janze Jenerazzijohn jejäwe hann moss, wo Eldere emmer Mosterschöler jewäse woren!

Nu hannt sech all de Lütt, die wo sech en so'n Scholl erömdriewe mösse, e lecker lang Päuske verdeent, on dat dommer denne och von Hezze jönne. Denn vom zovill Brassele jonnt de besde Pähds kapott.

Dat hät minne Oppa selech emmer jesaht, on dä hät et jenau wesse mösse, denn dä hät fröher ene Pähdstall op sinnem Buurehoff jehatt! *(2009)*

Op Jöck – so odder so

Jedem dat Sinne, heeß et eso schön. Woröm nit och en de Ferije, en de schönnsde Ziet vom Johr? Jenauer bekickt, dehste erusfenge, wie ongerscheedlech de Lütt en de Ferije op Jöck jonnt.

Et jöwt Lütt, die wo am leewsde met de janze Sippschafft fottfahre odder -fleeje. De Pänz, dr Hongk, Omma on Oppa mösse dobei sin, domet Mamm on Papp sech ene Babysitter spare könne.

Dehste för zom Beispell em Hotell odder am Strand op so'n Famillichbajasch treffe, mosste dech flöck dodörchmake, söns es de Roh öm dech eröm on din eejene Erhohlong eso joot wie em Emmer.

Dann hammer noch en janz besöndere Spezies: Sojenannde Beldongsbörjer, jähn em Duett, sühste selde sech bloß fuul em Sonnesching am Strand odder Pool erömräkele. Leewer besöhke se mem schlaue Reiseföhrer onger'm Ärm on Sonnehoot op'm Kopp een Kathedral noh de angere, loope em Moseom eröm on wesse emmer mieh als wie de Enjeborene selwer, on dat ejal wo. Wat mr nit weeß, dat süht mr och nit! Säht sech dä Hatto-Jünter on deht sin neujeerije Nas leewer en dä Konstföhrer stecke als wie se en de Sonn halde.

Wä met Famillich, Konst on Kultur nix am Hoot hät, doför mieh för de Natur am schwärme es, dä jeht jähn solo met enem Pöngel Jepäck för dat Berchsteijer- odder Taucheroutfitt op Jöck, es nie zweimol am selwe Plätzke, deht sech rongkeröm ene Jlobetrotter-Deu aan on es för nix fies. Of deef onger Wasser, of owe op de Felswangk, kin Ambrasch es so'nem Brasselemanes zovill, wenn dä emol Ferije vom Ech make well.

Ech künnt jetz noch vill angere Ferijetype opzälle, äwer dann wöhd minne Verzäll hee zo lang. Min Ferije hannt nu och aanjefange. Ech ben jetz och emol fott, äwer wie, met wievill Lütt on wohen, dat donn ech üch nit op de Nas benge. *(2009)*

Vom Schleppe on Trecke

Beste fröher op Jöck jejange, ejal wohen, häste dech fies afschleppe mösse. För veer Woche Sommerferije wor doch so'ne Kawenzmannskoffer koom noch zo stemme on zo schleppe. Offt jenoch hatt mr sech häste-nit-jesenn ene fiese Hexeschoss enjefange, wenn dat Jepäckstöck (wore do Steen dren?) en dr Kofferruum vom Ware odder noch schlemmer noh owe em Zoch jehiewt wähde mosst.

Hütt es dat all janz angers. Jott sei Dank es doch eenes Daachs ene Schlaukopp op dä jeniale Enfall jekomme, rubbeldidupp e paar Röllekes onger so'ne Koffer zo enstalleere: Dä! Dä Trolly wor jebore. En neu Dengen on e neu Wohd doför!

Nohdäm Jenerazzijohne von Lütt sech met Koffere, Täsche on Bühdele am afjeschleppe on eröm am pöngele wore, dobei wie doll jekühmt on lecker fies jeschwetzt hannt, es nu Alt on Jong locker lässech bloß noch am trecke.

Jeht mr hüttzedaach op Jöck, piepejal of mem Zoch odder mem Fleejer, sühste doch kinne eenzije Doll mieh, dä ene Koffer am drare es. Nit bloß Krawattedräjer em donkele Aanzoch on Frollütt em schwatte „Business-Look"-Kostömche met de PC-Täsch direktemang och noch owe op däm Trolly jeschnallt, sühste met däm Dengen erömloope. Nä, och Omma on Oppa em sangkfärwene Annorack on op beige Sandale trecke jemötlech all dat, wat se för Malle bruche em „Pilotefiffi" henger sech her.

Kooz on joot: Ohne Koffer op Röllekes löpt nix mieh, kannste trek zo Huus bliewe! Mer jonnt nimmieh op Jöck, mer rolle op Jöck. Schad bloß, dat so Röllekes so'ne fiese Radau make! Do mösst mr sech noch jet enfalle losse odder? Wette, dat do jetz schonn ene jeniale Tüftler on Friemeler sech avangjahdestesch jet am bastele es?! *(2011)*

Jäzz-Rälly am Rhing

Alle Johr widder em Sommer hammer hee am Rhing Jäzz-Remmidemmi, dat es sozesare schonn en Tradizzijohn jewohde so wie Karneval em Wenter.

Häste dech och als so'ne Knopp för zom Aanstecke jekooft? Nä, dä es janit zo düer! Wat nix kost, dat es och nix, denk dodran! Met däm Aanstecker kannste dech doch öwerall, drenne wie drusse, een Telikatess noh de angere för de Öhrkes erintrecke.

Och wemmer mem Jäzz söns nit vill am Hoot hät, jeht eenem dä dolle Rhythmuss doch trek en de Knoche, wenn dat Schlachzüch wie jeck on doll am kloppe es. Selws ene Oppa – och wenn hä nimmieh danze kann – fängt aan mem Fooß zo wippe, wenn dat Saxophon dat hohe C am söhke es on drömeröm de Jonges tröte, blose, zuppe on zeije, wat se musikalesch eso drop hannt.

Esset nit prima, wemmer de Everjröns us de Jurendziet metsenge kann? „I scream, you scream, everybody wants ice-cream"!

Lütt, die wo dr Hals vom Jäzz-Jedöns nit voll kreeje, könne sech am Wocheäng mieh wie sibbzesch Konzerte öm de Horschlappe haue. Mr hät dat Jeföhl, dat ons janze Aldestadt von henge bes vöre am swenge es. Us jede Kneip kütt Musick erus, op jede Eck es jet loss, on all de Lütt send joot drop, sojah och drüch on ohne dat leckere Dröppke. Äwer met esset natörlech vill schönnder!

So'n rösije Rälly darf mr sech nit entjonn losse! Ech hann minne Wellness-Wocheäng-Tripp nohm Westerwald afjesaht, öm för met de Nas bzw. met de Öhrkes dobei zo sin, wenn hee aan de Düssel de Post afjeht, on nit bloß dr Bär am danze es. För mi Sensibelche, däm Charly-Drickes, hann ech vörsechtshalwer e Päckske Ohro-Pax enjesteckt. (2010)

Op de Wooch

Häste och am Wocheäng en de Samsdaachs-RP de schlaue AOK-Studije jeläse? Zoeesch es eenem direkte-mang ene Schreck en de Jleeder jefahre, fies dörch Mark on Been jejange. Äwer kooz drop kunnt mr sech widder reläkse!

Trek op de eeschte Sitt hät jroß jestange, dat vill Lütt hee aan Rhing on Ruhr vill köözer läwe als wie angere öm ons eröm. Au weia! Dat wör äwer fies schad!

Doch dann op de nächsde Sitt es mech dann doch ene Steen vom Hezz jefalle. Do kunnnt mr nemmech schwazz op wiss läse, wo de dicksde Lütt läwe on dröm och fröher ehre Löffel afjäwe on ennet Jras bieße mösse – säht de AOK. Dojäje könne Lütt, die wo de wennechsde Killos op de Wooch brenge, dröm och länger jesongk on rösech op de Ähd erömhöppe.

On wo donnt so Jlöckleche läwe? Nu kannste dreimol rode! Hee aan de Düssel, wo och söns! Janz vill moppeli-je Knubbele met vill zo vill op de Rebbe läwe em Ruhrpott on dröwe op de angere Sitt öm Mönschejladbach eröm. Dojäje scheeße mer Düsseldorwer dr Vorel af, wat et Mini-Jewecht en janz NRW aanjeht. Angerseröm jesaht hammer also hee nix wie Fleejejewechte on Rebbejestelle erömloope.

Dat deht eenem joot zo höhre. Nit för ömmesöns es mr jo doch wie jeck am jogge, walke, stretche, tremme on sech bloß Jröns on Jemös am jönne. För erjenswat moss so'n Wulackerei jo joot sin, on wenn et bloß för e lecker lang Läwe es!

Wenn ech dat nit schwazz op wiss hädden, wöhd ech mech de janze Ambrasch doch janit aandonn. Em Läwe nit! *(2010)*

Emanzepazzijohn

Als wie ech noch ene kleene Dotz wor, hann ech all dat, wat de Jroße jesaht hannt, jejlöwt. Hät min Omma selech för zom Beispell von sech jejäwe: „Bei denne Schmitzens von näweraan hät äwer de Mamm de Bux aan. Dä ärme Papp hät do nix zo jebenedeie!", hann ech mech direktemang vörjestellt, wie dä alde Schmitz ohne Bux eröm am loope wor, denn däm sin Bux wor jo si Krachjewitter am drare.

Enzwesche weeß ech natörlech, wat met däm schöne Usdrock „de Bux aanhann" jemeent wor. Fröher hannt jo all de Fraue och lecker lange Röck jedare, on so'n Bux wor bloß jet för e Männerbeen, e Beenkleed för Kähls.

Hüttzedaach künnt mr sech dat met de Bux aanhann nimmieh enfalle losse, öm för uszodröcke, dat de Mamm et Rejiment föhrt on dä Papp ene ärme Höhsch es, ene Schlupp odder ene Wäschlappe.

Hütt weeß et natörlech de schlaue Statistick emol widder janz jenau, wä en de Famillich dat Sare hät. Dreimol kannste rode! En de miesde Fäll verzälle de Frollütt denne Mannsbelder on denne Blare sowieso, wo et langs zo jonn hät. Do kammer emol widder kicke, wat so'n Emanzepazzijohn lossjeträde hät! On wat säht dann so ene ärme Kähl ohne Bux: „Ech halt mech leewer erus, dann komm ech och en nix erin!" Typesch! *(2010)*

Usjefallene Enfäll

Häste schonn emol dat Jlöck jehatt, en enem sojenannde Designer-Hotell afzosteije? Nä, noch nit? Dann häste äwer jet verpasst!

So'ne dolle Designer von hütt hät sech för zom Beispell enfalle losse, de Nasszell – es dat nit e herrleche Usdrock? – en dat Appartemäng zo intejreere, dröm jöwt et bloß en halwe Schwengdör us Jlas, so dat de heeße Wasserdampschwade direktemang öwer de Heiabette trecke könne. Dann kannste jemötlech vom Bett us dörch et Jlas och jenau zokicke, wie et Liebche sech vör'm Speejel am opbrassele on am enseefe es.

A propos Seef! Fröher kunnt mr sech de dreckelije Häng met Schmackes on enem Stöck Seef afschrubbe en enem aanständije Wäschbecke. Hütt es dat Becke nerjenswo mieh enjelosse. Nä, doför deht en klobije Wäschkump op enem Marmorsockel erömstonn, on aan de Wangk hängt e Fläschke, op dat mr erömdröcke moss, bes de flüssije Seef wie en Fontän, wemmer Jlöck hät op de Häng, wemmer Pesch hät on op de Satängblus erusspretzt.

De Dusch en de Eck es fottjefalle, doför kannste dech en de Badebütt, jroß wie däm äjyptesche Ramses sinne Sarkophag, erömräkele. Metallknöpp zom Ophänge von Böhsch odder Wäschlappe jöwt et nit, dat wöhd doch de Optick von de italjänesche Kachele verschängeleere. Dann wör de Ästhetick em Emmer on et jeht doch nix öwer Design pur!

Mech esset eejenslech ejal, wie so'n nasse Zell ussüht. Hauptsach, et es jenoch do, öm för sech propper zo make, denn knüsselech well mr nit erömloope. *(2010)*

Wat es en Klappei

Jetz meenste secher, dat wör sojet wie e Ei zom Zosamme-
klappe.

Nä, denkste, esset nit. Min Omma selech hät mech dat
fröher als usenangerposementeert, wat dat es. Pass ens
op!

Klappeie send Frollütt, die nix angeres zo donn hannt,
als wie anger Lütt dörch de Zäng zo trecke. Janz fröher,
wie et noch kin Flemmerkest, ki Kinno, kin Muckibud, ki
Bridgespeele on och kinne Jollefclubb jow, hadden so
ärm Frollütt nix angeres zo donn, wie vör de Huusdör
op'm Dörpel – dat wor dat kleene Treppke dovör – odder
eenfach op de Stroß ene kleene Verzäll afzohalde, öm e
beske Amüsemang zo hann. Dat wor dann sozesare ene
Outdoor-Kaffeeklatsch stondsfooß. Dobei wosst mr
dann am Äng öwer anger Lütt rongkeröm mieh wie die
von sech selwer. Wä met wäm on woröm odder wä met
wäm nit on weswäje jrad nit.

Hüttzedaach jöwt et so Klatschwiewer nimmieh. Do-
för hammer hütt Klappeie en de Jlotzkest, on dat send ja
kin Fräukes mieh, dat send och Mannslütt. Wat fröher de
Fraue op'm Dörpel jedonn hannt, dat make hütt Kähls
op'm Beldscherm em TV. Hütt heeß so'n Klappei Kerner
odder Beckmann on bei denne wähd dann lecker je-
klatscht on jetrascht, dat de Wäng waggele noh däm Mot-
to: Wat Frollütt könne, könne Kähls als lang!

De Klappei odder dä Klappei, dat es jetz de Froch!

(2006)

JULI

Alleen hee

Wenn se all fott send, esset hee noch emol eso schön! Herrlech, wemmer – wenn se all Ferije make – nit och noch op Jöck jonn moss! All send se fott, on mr hät sozesare de Stadt för sech alleen.

Ejal, wo mr hee mem Auto henjöckt, kinne Stau wiet on briet. Bloß medde dörch de Citty darfste nit fahre wolle, denn do wähd jo jetz öwerall fies jebuddelt, jebaggert on – nä, nit jebützt – jebrasselt.

Kinne Flappmann zo senn, dä dech dä Parkplatz rotzfresch vör de Nas fottschnappt. Beem Bäcker op de Eck kin Schlang, die op de Röggelches on Brötches am wahde es. Em Bierjahde brucht mr sech nit zwesche Pöngele von Lütt zo kwetsche. Op de Rhingpromenad dehste trek e frei Stöhlche em Sonnesching fenge. En de Klamotte-Buticke kannste direktemang en dat Ömtreckkabüffke erin, ohne vörher lang wahde zo mösse. Öwerall Platz satt, on mr kann sech jemötlech on jenösslech briet make. Kooz on joot, en janz herrleche Sittewazzijohn!

Bloß wemmer fies krank wähde sollt, dann wör mr opjeschmesse. Häste schonn emol ene Dockter jefonge, dä en de Ferije hee jebleewe es? Dä kannste dech äwer met de Lamp söhke jonn! Doch dä ärme Höhsch moss jo och emol e Päuske make, domet hä de Moppe usjäwe kann, die hä met ons Pazzijänte verdeent hät.

Nä, wat esset schön hee, wenn se all fott send! Bloß jesongk moss mr sin, söns künnt mr fies am Fleejefänger hänge! *(2010)*

Lecker wärm

Endlech es dä Sommer aanjekomme, dörch on dörch on rongkeröm. Dommer jetz ene Bleck op et Thermometer schmieße, kütt mr schonn vom Afläse von de Temperature fies ennet Schwetze.

Joot, dat mr sech nu öwerall en de Medije schlau make kann, wat mr bei so'n Hetz öm Joddes Welle nit donn soll on wat op alle Fäll doch.

Am besde deht mr sech öwerhaups nit bewäje, on wenn dann bloß em Schadde, on nit öm de Meddaachsziet eröm sech en de Sonn schmieße, öm för sech en leckre Schockeladefärw aanzobrutzele. Eeschdens künnt mr sech domet ene fiese Sonnestech enfange on – de Huut deht nix verjesse – süht mr em nächste Johr us wie ene schrompelije Appel.

Mem Rädche erömjöcke, jogge, walke, op Tennis- odder Jollefbäll kloppe, all dat dehste am besde morjens fröh odder spät owends, söns mäkste dech rubbeldikatz kapott. Bloß kinne fiese Oupen-Äir-Brassel, domet mr sech kin Ozon-Maläste aan dr Liew wulacke deht.

Hammer hütt mieh als wie drissesch Jrad deht mr sech am besde selwer hetzefrei jäwe, d. h. mr deht janix, dann kann mr och nix falsch make.

Vill fad Wasser soll mr och kippe, domet mr nit usdrücht. Äwer wenn et Sönnche am ongerjonn es on de Stähne am opjonn, dann nix wie erin met enem Jläske Alt odder enem lecker dröje Wisse us Södafrika – do esset jo och emmer so lecker wärm! Dann kannste och bei Hetz prima schlope on de Öjelches falle dech jlatt von alleen zo!

(2010)

Jrill-Jedöns

Nä, wat ben ech froh, dat mer kinne Jahde hannt! Wie herrlech esset, dat mer kin Kawenzmannsterrass hannt! Dröm kömmer ons janz reläksed on ohne Stress vom Balköngche us bekicke, wat ärm anger Lütt jetz för en Ambrasch am Hals hannt met de Jrillerei em Jahde odder op de Terrass.

Fröher hät minne Papp selech em Schrewerjahde bloß Wööschkes op so ene Minijrill jeschmesse, on de janze Famillich drömeröm wor jlöcklech on pappsatt. Zack on fähdech!

Nä, so eenfach löpt dat hüttzedaach nimmieh! Och Kotlettches donnt et nit mieh, dat send doch Antiekwitätches von anno. För en feine Journee-Zong von hütt moss mr sech doch Jarnele em Speckmäntelche, Lachsstöckskes odder marineerde Lammspießkes op de Jrilljaffel deue.

Frollütt hannt natörlech jenau wie fröher am Füer nix zo kamelle. Se könne e beske Schloot aanröhre on sech en leckere Zauß, wat jo hütt „Dressing" heeß, enfalle losse. Äwer Baas am Jrill em Jahde es jenau wie anno dunnemols dä Papp selwer jenau so wie fröher wie en de Steenziet als Sammeler on Jäjer.

För lauter Brasselei met de Zang am Rost kütt dä ärme Jong selwer koom zom Kimmele. Äwer zweschedörch e Jläske Alt, dat moss sin, denn Hetz on Schwetz zosamme make fiese Doosch.

Nä, jank mech fott! Leewer bloß ene fettärme Klätschkies met Pitterzillje drop op enem Schwazzbrod, doför äwer kinne Brassel, kinne Rüsch on kinne Kwalm am Owend em Jahde!

(2009)

Oupen-Äir för Fööß

Nu esse do, de Sommerziet! Alle Johr widder de Säsong, öm för sech loftech-lescher on locker aanzotrecke, on dat och aan de Fööß.

Sandale-Säsong es aanjesaht! Frollütt sowieso schonn lang, äwer jetz och emmer mieh Mannslütt donnt ehr Fööß nimmieh schwetze losse en Schoh, die von henge bes vöre fies zo send. Nä, nu loope mer all eröm noh däm Motto: Oupen-Äir för de Fööß!

Dobei moss dä Charly-Drickes oppasse, datte och sin Söck fottlasse moss, wenn hä sech en de Sandale schmießt on dodren och e bella fijura make well. Bloß „bläck Fööß" send „in", on dat sojah och en de Citty-Slippers mem Plömmelche drop, en de Trekkingsandale för flöcke Wandervöjel on en de Flipflops för janz coole Kähls sowieso.

Et Finche-Fiona talpt natörlech nit op de Kö wie en Buuretrina mem Modell Dr. Scholl eröm. Nä, do es Elejanz aanjesaht! Em Momäng send de Sandale von de alde Römers dä letzde Schrei met fuffzesch Reeme öm de Ziehe on et Been eröm: Modell „Cäsar op Jöck". Kannste prima drop loope, make äwer öwerhaups kinne schlanke Fooß, doför pummelije Schampusfläschebeen.

Wellste filijrane Storchebeen hann, mosste op Highheels, dat send Wolkekratzerafsätz, erömwaggele on fies oppasse, dat de Bängelches öm dat ärme Fooßjelenk nit afrieße beem Ömknicke. Dodrop es sech schonn dä Orthopäd am freue. Däm sin Praxis es jrad prima am fluppe.

Och wenn so dolle Sandalettches Ping make, dat mäkt nix! Wä schön sin well, dä moss Ping liede könne! De Hauptsach es doch, mr hät en fresche Bris aan de Fööß!

(2010)

Kermes hammer

Nu hammer se widder: ons Kawenzmannskermes hee am Rhing!

Met vill Prommi-Jedöns, Schötze-Tamtam on nit mieh wie e Millijöhnche von Besöhker hät mr am Wocheäng dröwe op de Rhingwies dat beröhmde Fass opjemaht on de Post afjonn losse.

Remmidemmi on Rambazamba von henge bes vöre on von owe bes onge. Besönders von owe, wemmer sech op däm dolle Rieserädche dat herrleche Düsseldorf-Pannorama enklusiewe Stähnehemmel bekicke kann.

Deht mr vör däm narelneue High-Tec-Jedöns stonn, kritt mr schonn et Zeddere en de Knie bloß vom Aankicke. Weeßte, wo eenem dr Mare am hänge es, wemmer met Schmackes on Kawuppdesch noh owe en de Höh jeschmesse bzw. jeschosse wähd?! Nä, do wähd et eenem raderkastedoll em Kopp on fies fleu em Mare!

Wie jemötlech wor doch fröher so e Kettekarossell odder de Scheffschaukel, wo mr wie en Mösch dörch de Loft am fleeje wor! On eesch dat herrleche Raupe-Dengen, wo mr prima em Düstere knutsche kunnt, wenn endlech dat Dach dröwerjetrocke wohd! Nu es äwer Schloss met de Nostaljie!

Lommer leewer noh vöre en de Zokonft kicke! Do send hee ons Schötze jrad am hen on her simoleere, wie mr de Kermes am Rhing angers benenne künnt. Wemmer dann em nächsde Johr hee en „Appelenariss-Kermes" hann sollden, dann wöhd och dä Hillije em Hemmel raderkastedoll. *(2008)*

Ons Schötze

Nit jrad möngkesmoß weil morje ons Meggakermes hee am Rhing aanfängt, send mech de Schötze enjefalle. Nä, mr kann doch als siet Woche en de Ziedong läse, dat se widder trecke, scheeße on fiere von Billk öwer Flengere on Wähschte bes noh Kieschwäth on Wittlaer.

Esset nit jrad em Momäng en herrleche Ziet?! Sommerziet es Schötzeziet, on dat alle Johr widder. Wie heeß et hee: Von nix kütt nix odder Klamotte make Lütt. Nä, wat so'n staatse Unniform nit all ussem Kähl, dä söns eejenslech noh nix ussüht, make kann! Selws e ömmelech Halfjehang deht sech flöck en de wisse Bux on däm jröne Jöppke met enem Hoope Joldknöpp drop mausere en e rösech-elejant Mannsbeld. Mr künnt och sare, us en ärmselije Ent wähd ene stolze Schwan!

Hät et Fräuke zo Huus dann och braw doför jesorcht, dat de schwatte Schoh jlänze wie Stähne am Hemmel, on hät se de Bux so akkerat jeböjelt, dat de Falde wie e Metz eso scharf send, dann kann sech äwer mansch ene sprirrije Dressmän henger so'ne Düsseldorwer Schötz verstecke. Hät dä Kähl dann och noch ene Pöngel von Dekorazzijohne, dat heeß Orde öm dr Hals hänge on e Blomestrüsske am Höötche, weeß mr janit, wat eejenslech schönnder es, dat dolle Outfitt odder dat staatse Mannsbeld, dat dodronger steckt.

Wenn dann so'n Schötzeschönheet bei Aapehetz öwer de Rhingbröck bes nohm Festzelt op de Owerkasseler Wies marscheere on dat janze fies schwere Dekorazzijohnsjedöns met sech erömschleppe moss, hätte sech och mieh wie bloß zwei Jläskes Alt verdeent odder nit? Ech meen, mr soll och jönne könne! *(2009)*

Op Jöck on zoröck

Och wenn et hee aan de Düssel eso schön es als wie söns nerjenswo op de Welt, moss mr doch af on zo emol öwer sinne Tellerrangk eröwerkicke on op Jöck jonn, öm för jewahr zo wähde, wie de Lütt en de Nohberschafft so öm ons eröm läwe.

Jenau dat hammer jedonn on ons bei denne Franzmänner, die wo jo ons nächsde Nohbere send, e beske ömjekickt. Nä, nit en Pariss, wo dä weldjewohdene Hangkfäjer, dä kleene Nicolas, sech ene decke Deu aandeht! Äwer kleene Mannslütt speele jähn et Männeke Wechtech! Nä, diesmol hammer Pariss jlatt lenks leeje losse on send leewer wiet fott bes onge nohm Söde noh de Prowangs jejöckt.

Nu weeß ech och, wat dat heeß: E Läwe wie dä leewe Jott en Frankreich. De Sonn es am schinge als wöhd se et bezahlt kreeje! Dröm moss mr och meddaachs drei Stond Siesta make, söns kritt mr trek ene Sonnestech aan de Mötz. Äwer et soll jo Fieseres jäwe als wie sech jemötlech fuul em Schadde zo reläkse. De Wingstöck donnt öm eenem eröm wahse wie em Jahde Ede. On wat et aan Telikatesskes zo koofe on zo kimmele jöwt, dovon kannste hee bloß drööme. Ech hann jetz noch de Fasanpastet on de Terrin vom Mümmelmann op de Zong! Wat Müffele on Süffele aanjeht, kömmer ons vom Franzmann escht en Schief afschniede.

Doch wemmer veerzehn Daach lang bloß op wiss Bajett erömkäue moss on nix wie Rosee- odder Rodwing zo süffele kritt, schmeckt eenem – widder zo Huus aan de Düssel aanjekomme – e Röggelche met Flönz on e Jläske Alt wie Appeltaht on Hemmel on Ähd wie Manna! *(2009)*

Fläir frangçäh aan de Düssel

Nohdäm jetz wochelang öm ons eröm bloß schwazz-rod-joldene Fähnches on Wempele am erömfladdere send, kömmer am Wocheäng emol de Trikolore von denne Franzmänner schwenke, on ons janz op Blau-Wiss-Rod enstelle.

Et es nu schonn dat zehnde Mol, dat em Sommer hee en de Aldestadt e französesch Fass opjemaht wähd, on dat met Schmackes on Kawupp, angerseröm jesaht avec beaucoup de charme, champagner et chansons. Mr weeß janit, wo mr zoeesch henjonn soll, domet eenem och öm Joddes Welle nix Französesches dörch de Lappe jeht.

Läwe wie dä leewe Jott en Frankreich, do deht eenem doch direktemang lecker Müffele on Süffele enfalle! Mech deht jetz als et Wasser en de Mull zesammeloofe on föhl schonn Quiches, Crepes, Camembär on dat leckere Böff Bourjinjong op de Zong! Ene Pöngel Austere mem Jläske Schampus dobei lösst dech jlatt zom Jourmee on Jourmang en eenem wähde!

Äwer Kimmele on Kippe deht et jo nit alleen. E beske wat Kulturelles moss doch och sin. Ech sach jetz bloß Müsette, Jäzz us Toulouse on Changsongs us Pariss! Do moss mr doch toute suite metdanze on -senge! Am Sonndaachowend, wemmer dann däm janze fläir frangçäh widder au revoir sare mösse, dommer dann mem Piafs Edith senge: Nä, bereue donn ech janix!   (2008)

Huus odder Hotell

Bevör mr jemötlech on jenösslech met de janze Famillich op Jöck en de Ferije jonn kann, moss mr vörher klor jemaht hann, wohen et jonn soll on dann och noch wie.

Do jeht dann stondelang Diskoteere, Schwahde on Palavere loss. Hät mr se endlech all onger eene Hoot jekritt, dat et dies Johr noh Andalusije jeht, kütt trek de nächsde Froch: Jommer en e Hotell odder en e Ferijehuus? Denne Pänz es dat piepejal. Hauptsach, se hannt ene Pool vör de Dör odder et Meer vör de Nas, en däm se von morjens bes owends erömplantsche on schnorchele könne.

Dä Papp es natörlech direktemang sinnem Fräuke am usenangerklamüsere, woröm e jemötlech Ferijehuus vill schönnder es als wie so e dusselech Drei-Stähne-Hotell.

Hotell es nix! Wörom nit? Zoff öm dä Leejestohl am Pool, Radau von anger Lütt ussem Nohberzemmer, sech opbrassele beem Esse jonn, on öwerhaups well hä nit Sangria-Suffköpp odder Prosecco-Prösterke-Plebs öm sech eröm hann. Erhohlong well hä hann, äwer nit Remmidemmi!

Au weia, do kütt hä äwer bei sinnem Fräuke jrad rechtech aan. De Mamm es dojäje janz angers am arjomenteere. Endlech emol kinne Huushaltsbrassel wie Enkoofe, Koche, Spöle, Wäsche on Böjele am Been hann! Hotell es doch Wellness pur! Jäje sech emol lecker staats opbrassele hät se janix. För wat hät se sech denn de neue Sommerklamotte jekooft? Kicke on bekickt wähde mem Prosecco en de Hangk es nix Fieses, em Jäjedeel! Kommunikazzijohn met de Nohberschafft dröm eröm es alles! Zoff am Pool kritt se nit, weil se schonn öm Meddernacht ehr Frotteebadedook op ehre Leejestohl deut.

De Mamm lösst sech nix jefalle, moss och emmer dat letzde Wohd hann, dröm woren ons zwei noh en Veedelstond mem Diskoteere fähdech.

Nu kannste emol dreimol rode, wat dat Äng vom Leed jewäse es! *(2011)*

Ieserbahn odder ICE

Lommer hütt emol e beske op de Nostaljie-Well erömschwemme! „Nä, Kengk, wat wor dat doch fröher schön", hät min Omma selech offt jesaht, wenn se op de Jurendziet zeröckjekickt hät, wo jo – wie mer all wesse – alles besser jewäse es.

Dat donn ech jetz och emol. Wat wor dat fröher schön, e Toürke em Sommer met de Ieserbahn zo make! Op Jleis achtzehn hät mr ussem Zochfinster erus sinnem Liebche, dat nit metkomme kunnt, noch e Bützke jejäwe on dann adschüss jewonke mem Täschedook, bes ene Knötterbühdel trek op'm Finsterplatz am nörjele wor: „Mak et Finster zo, et treckt!"

Drusse op'm Jang hät mr sech dann dat Finster widder opjemaht on sech dä Fahtwengk öm dr Kopp blose losse, wenn et drenne zo wärm jewohde wor. Nä, wat wor dat cool! Domols!

Hät et Tant Trautche dech fröher vom Bahnhoff afhohle wolle, mosst et och nit zwei Stond wahde, weil dä Zoch zo spät aankohm. Dä wor pönktlech. Domols!

Hütt jeht mr nit met de Ieserbahn – alleen dat Wohd es schonn en Antiekwität –, mr jeht mem ICE op Jöck. De Wajjongs hannt all „äir-condischen", on dat Wenke ussem Finster kammer sech afschmenke, weil mr et ja nimmieh selwer opmake kann! Wenn jetz äwer de „äir-condischen"

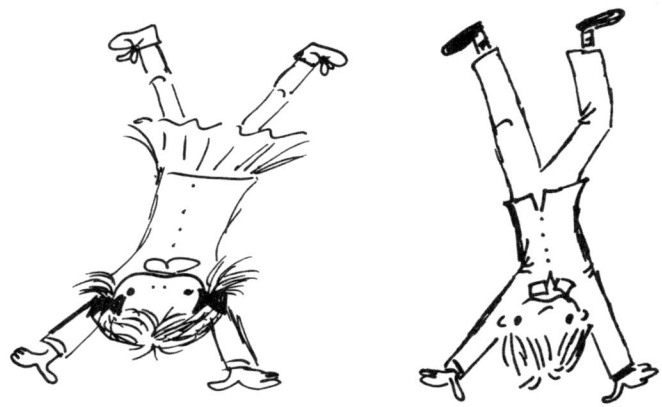

bei Aapehetz nimmieh fluppt, dehste flöck am Fleejefänger hänge. Dann kannste bloß noch von de Omma ehr Ieserbahn drööme, wenn et dech fies fleu on plümerant am wähde es.

Jank mech fott mem ICE em Sommer! Leewer wie fröher em Dörchzoch hocke als wie hütt en de Sauna, on dann noch owedrop vill zo spät erjenswo aankomme.

(2010)

Musick am Schloss

Dehste op Musick on Romantick stonn, dann kannste dech dat Oupen-Äir-Konzert am Benroder Schloss nit entjonn losse. Alle Johr widder em Sommer onger'm Stähnehemmel speelt do för ons de Musick op, äwer wie!

„Mellodije em Märcheschloss" heeß dat dolle Ivänt am Samsdaachowend, on wä sech nit fröh jenoch Kahte besorcht hät, dä kann sech morje bloß fad zo Huus en CD opläje.

Nu ben ech hütt als för dat Musick-Picknick morje op de Wies am brassele on mech möngkesmoß alles am parat make: de Picknickpähdsdeck jewäsche, dä Kähzeständer us Selwer poleert, de Deschdeck us Damast jeböjelt, de Fläsch Pinoh Jrischio en de Köhltäsch jedeut, de Omma ehr Meissen-Tellerkes erusjekrost, domet och de Flönzröggelches on de Tartarhäppkes sech ene piekfeine Deu aandonn könne. Dann kömmer morje Owend mem Bollerwäjelche rabbelvoll losstrecke!

Ech weeß janit, wodrop ech mech mieh freue soll: op de Filharmonickers, wenn se met Jeföhl däm Strauß' Schäng sinne Fröhlengsgstemme-Walzer fiedele, op dä Pöngel von Fontäne, wenn se nohm Tackt von de Musick mem Danze aanfange on sech em Wasser speejele, op de Illuminazzijohn von Schloss on Bööm, op dat dolle Füerwerk am Äng odder öwerhaups op dat janze Schloss-Romantick-Fläir drömeröm! Wenn dat nit escht e Sommermärche es, dann weeß ech et nit!

PS: Leewe Jott, loss et morje bloß nit räjene, dann wör nemmech de janze Romantick flöte on em Emmer! *(2010)*

Nomen est Omen …

… hannt de alde Römers jesaht on dat heeß: So'ne Name säht alles, dä verzällt dech trek, met wäm mr et zo donn hät.

Wie ech dat meen, donn ech üch nu hee emol kooz usenangerposementeere: Heeß för zom Beispeel e Mädche Klömperkamps Carmen, send däm sin Eldere Opern- odder Spanije-Fäns. Heeß so'ne Rotzech Ronaldo Schmitz, moss däm sinne Papp ene Fooßballfän sin.

Fröher hät et jo Namens jejäwe, die mr hütt ja nimmieh höht: Nies odder Neres, Ziska odder Drickes. Äwer so well och hütt kinne Pänz mieh jeroofe wähde, doför äwer Chiara, Kevin odder Kimberley.

Joot, dat Papp on Mamm siet Koozem widder e beske op Tradizzijohn kicke: Maximilian, Paula, Johanna on Theresa heeße de Ströpp widder. Do kannste emol kicke!

Jrad hann ech en so'n schlaue Mänädscher-Ziedong jeläse, dat dä Name wechtijer wör als Nadelstriefeaanzoch on Schlips, wemmer als Kähl op de Chefetasch kleddere well. Kick ens aan! Do künnt escht wat draan sin! Jetz weeß ech nemmech och, woröm us däm Prummemeiers Tünnemann von näweraan nix jewohde es trotz sinnem Stronzebühdels-Armani-Schlips.

Heeßt mr äwer Schäng-Döres von on zo Jrofeberch-Kittelbach, dann es och so'n Krawatt drissejal. So'ne Nobelname mäkt dech trek alle Pootze wiet op. Häste dann och noch owe drop all de vörnähme Vörnamens vom Oppa on vom Papp, wie Maximilian-Maria-Silvester, dann fluppt alles von alleen.

Ech donn jetz och de Namens von min Omma on min Mamm draanhänge: Monika-Marjretche-Kathring-Angenies.

Do kickste äwer, wat?!   (2008)

Stondelang vör'm Speejel

Do jöwt et en Studije, also en Ongersöhkong, wo mr ene Hoope Interwjuhs met Mannslütt on Frollütt jemaht hät, wobei et öm de Eitelkeet jejange es. Wat es erusjekomme? Nu kannste äwer emol Bauklötz staune!

Von all denne Kähls en janz Europa deht e jermanesch Mannsbeld am längsde vör'm Speejel stonn, also mieh wie so'ne bello Silvio us Italije, so'ne leckere Aläng von denne Franzmänner on länger wie so'ne stolze Pablo us Madrid.

Dat Mannslütt offt ene Bierbuck hannt odder wie e Halfjehang erömloofe, dat es also e Antiekwitätche von anno. Hüttzedaach wähd sech opjebrasselt von henge bes vöre on von owe bes onge. Dat deht morjens vör'm Badezemmerspeejel aanfange, jeht öwer't Enkoofe em Kosmeticklade on höht owends em Fittness-Studijo op.

Do kammer jo als Frau janix dojäje hann! So'ne proppere leckere staatse Kähl kann nit schade. Ech moss jetz emol met de Stoppuhr vör de Badezemmerdör stonn bliewe, domet ech jewahr wähde kann, wie lang mi Hezzblättche sech vör'm Speejel am opbrassele es.

Näwerbei hät mr dörch de Studije noch erusjekritt, dat de jermanesche Mannslütt janz doll op Schnäuzer send. Nerjenswo söns wöhden sovill Kähls ene Schnorres öwer de Schnüss drare, on nerjenswo söns wöhden de Frollütt dodrop affahre wie nix.

Schad, dat se mech verjesse hannt zo frore. Mech es Jesecht ohne Böhsch leewer.   (2008)

Kapotthöötche odder Jeans

Ommas von fröher on Ommas von hütt – dozwesche lee-je Welte. Kickt mr op de een on de angere, kütt mr ussem Staune nit erus!

Wenn ech aan min Omma selech denk, dann hann ech dä Rüsch von Musong-Lavendel en de Nas, schmeck Jreeßpuddeng met Vanillesafft op de Zong on föhl noch dat jeböjelde Spetzetäschedook em Jesecht, met däm se mech emmer de Rotznas afjepotzt hät. Ech senn se noch vör mech mem Kapotthöötche op däm ondoleerde jriese Kopp, schwatte Klamotte hät se sommers wie wenters je-drare och selws em Sommer bei Aapehetz es se nie ohne Strömp jeloope. Schwemme jejange es se em Läwe nit. „Wasser hät kin Balke, Kengk!", hät se emmer för mech je-saht. Min Omma selech wor rongkeröm e Usloofmodell, wie mr dat hüttzedaach eso säht.

Deht mr sech en Omma von hütt bekicke, hät mr et met enem janz angere Modell zo donn. Von wäje Hööt-che! Räjeborefärwe op'm Kopp, Spetzeboddy on Jeans send aanjesaht on näcke Fööß en Sandalettches. En de Mucki-Bud deht de Omma sech en Bikini-Fijur aanbras-sele, domet se met de Enkelkenger schwemme jonn odder op'm Trampolin erömhöppe kann. Statt 4711 us Kölle – bah, wat fies! – Rüsch vom Diors Chres odder Armanis Schorsch! Statt Puddeng Pizza on Pommes, statt Jebess nachts em Wasserjlas eejene Zäng met Plantate!

Äwer Ziet on Jedold satt, dat hät so'n Omma fröher wie hütt, on dat se emmer dat Hezz aan de Enkelkenger verlore hät, bruch ech hee nit extra zo sare. Dröm dörfe de Blare och bei de Omma all dat, wat bei Mamm on Papp nit löpt! Dat wor schonn fröher so bei de Kapott-höötchens-Omma on so es dat hütt bei de Jeans-Omma och. *(2010)*

För Appel on Ei

Eejenslech soll et däm nimmieh jäwe, däm Sommer-schlossverkoof. Fröher kooz SSV jenannt, heeß dat Den-gen hütt öwerall SALE. Denn mer mösse ons jo ene jloba-le Deu aandonn.

Och wenn schonn siet Woche de Sommerklamotte för Appel on Ei erusjeschmesse wohde send, hät nu dies Woch werklech däm Sommerschlossverkoof si allerletz Stöndche jeschlare.

Halali, de Jachd op de Schnäppkes es aanjesaht! Och wenn – wie mr en de Ziedong läse kann – de Larer so joot wie leer send wäje de wochelange Aapehetz, leeje emmer noch Hoope von Sommerklamotte eröm, die bloß drop am wahde send, jesöhkt on jefonge zo wähde.

Apropos wahde! Woröm hann ech nit bes hütt wahde könne? Nu leck mech doch en de Täsch! Dat Jäckske us lilla Satäng, för dat ech noch em Wonnemonnd Mai ene Pöngel Penönzkes hann berappe mösse, deht mr mech hütt nohschmieße. Wat soll et! Fraue, die nix koste, send och nix!

Doför soll sech minne Charly-Drickes dies Woch flöck noch dat siedene Sacco on en wisse Sommerbux vom Armanis Schorsch on de Prada-Pantolette jönne. Wann kann e Mannsbeld schonn emol von Kopp bes Fooß en bella fijura make on all dat för Appel on Ei? Dröm jommer jetz op Schnäppkesjachd. Halali! (2010)

AUJUST

Op de Autobahn

Sommerziet, Ferijeziet, Stauziet!

Kammer sech jet Schönnderes vörstelle, als wie em Sommer, wenn se all op Jöck sin mösse, op de Autobahn vom Rhing wiet fott bes noh de Isar zo fahre? Nä, dat kammer nit, on dat lösst sech eejenslech och janit beschriewe. Äwer ech donn et jetz trotzdäm. Nu pass ens joot op!

Jedes Johr öwerläje sech e paah Schlauköpp so am jröne Desch, dat mr möngkesmoß en de Ferijeziet – wo öwerall nix loss es! – prima ene Hoope Baustelle aanläje künnt. Nu wellste wie och all de Lütt öm dech eröm janz wiet fott op Jöck jonn, on wat es? Bevör mr sech versüht, deht mr medde drenn em Stau stonn. Herrlech! Hät mr nu Ziet jenoch, sech jemötlech de bajuwaresche Landschafft drömeröm aanzokicke, ene Schlock us de Wasserfläsch zo nähme odder ennet Bötterke zo bieße.

Nohdäm mr sech dat eemol hät aandonn mösse, es mr natörlech schlau jewohde, deht flöck et Radio aanmake, on beem nächsde aanjesahte Stau, nix wie von de Autobahn eronger on häste-nit-jesenn afjefahre, on öwer de Dörper!

Op so'n Superidee send natörlech och ene Hoope anger Lütt jekomme, on dröm es mr sech jetz em Schnecketempo am bewäje on es am staune, wievill Ampele so e Kaff hann kann. Kütt mr noh zwei Stond, nohdäm mr de Dörper drömeröm dörch on dörch kenne jeliert hät, op de Autobahn zoröck, es vom janze Stau natörlech nix mieh zo kicke. Opjelöst, fott!

„Mäkt nix, leewer zwei Stond wie en Schneck kruffe on en Bewäjong bliewe als wie bloß en halwe Stond op eenem Fleck dusselech erömstonn!", meent mi Hezzblättche, dä Charly-Drickes, dä alles em Läwe verknuse kann, bloß kinne Stau op de Autobahn. Do leeje sin Nerwe trek mieh wie blank!

Wat mech aanjeht näwerdraan op'm Beifahrersetz, ech sach leewer nix, denn·Schwahde es Selwer, de Schnüss halde es Jold. Söns wör och de janze Ferijestemmong flöck em Emmer. *(2009)*

En Kaht odder en SMS

Nu hammer se widder, de Ferijeziet. Lütt op Jöck wiet fott odder bloß de Eck eröm, mem Ware op Tour odder mem Fleejer. Wat mäkt mr dann, wemmer wiet von de Famillich, de Verwandschafft on de Frönde es? Jenau, mr deht en Kaht schriewe us de Ferije. Denn mr moss doch däm ärme Höhsch, dä wo zo Huus jebleewe es, verzälle, dat et eenem joot jeht.

Ejal wo mr sech jrad op'm Jlobus am erömdriewe es, deht mr öwer kooz odder lang vör so'nem Kahteständer stonn, behange met enem Pöngel von Aansechtskahte janz op dusselije Kitsch odder intelecktuäll op Konst jebrasselt.

Nu fängt mr aan hen on her zo simoleere, wat mr för wäm ussöhke soll. Deht mr e beske stronze, mäkt janz op Beldong on Kultur, on nömmt de Kaht met däm antieke Tempel op däm korinthesche Säulejedöns odder mäkt mr op Romantick on nömmt dä pinkfärwene Sonneongerjang öwer de kornblömkesblaue Meddelmeerwelle?

Dat Öwerläje mäkt mech janz rabbelech. Weeßte wat?

Ech loss dat jetz sin met denne dusselije Kahte. Sojet es doch hütt ja nimmieh „in". Woför hät mr denn dat Händi emmer en de Täsch? Mr deht en SMS schriewe on fähdech!

Also, loss jonn! „Hotell propper, Müffele on Süffele lecker, Sonnesching satt, Pool cool, Disco rösech, Stemmong prima, Moppe fott, bes nächsde Woch, adschüss!"

(2009)

Onger Palme am Rhing

„Wat e Wähder widder wat, Marie! Dr Rhing erop, dr Rhing eraf bloß Sonnesching!" Dat Leedche von anno hädden min Omma selech am Wocheäng joot trällere könne, wenn se noch am Läwe wör. „Do moss mr owends noch e Strößke eröm jonn, Kengk!", hädden se dann för mech jesaht.

Jenau dat hann ech och am Sonndaachowend jedonn. Am Rhing langs on herrleche Promenad ben ech flaneere jejange. Nä, wat wor dat do rabbelvoll! Onge op Stöhl on Bänk woren de Lütt am hocke on hannt lecker jesüffelt on jemüffelt. Onger Palme em Sangk met mediterrane Musick häste flöck rongkeröm e Ferijejeföhl jekritt. Met Krabbe on Feschzupp op de Zong kunnste jlöwe, datte op Sylt wörs. Op däm Pirateböötche, onger de Palme, op däm Sangk, zwesche de Kawenzmannsblomepött, nerjenswo mieh e frei Plätzke!

En Rechtong Apollo woren rösije Inlineskaters op de Röllekes Slalom am loope, dat se all drömeröm am applodeere woren. Onge op de Wies vör'm Apollo on owe op de Bänk onger de Platane hät sech Alt on Jong aanjekickt, wie dröwe en Owerkassel, op ons schäl Sitt, de rode

Sonn wie op Capri romantesch am ongerjonn wor. So e Ferijefläir on so'ne dolle Pannoramasonneongerjang häste bloß hee! Dodröm deht ons janz Kölle fies beneide. Dat kütt dovon, wemmer op de falsche Sitt litt! (2007)

Wenn et Händi doll mäkt

Ech donn bloß noch zwei Lütt kenne, die ki Händi hannt. Eejenslech mösst mr dat Duo usstoppe on em Moseom usstelle. Wä weeß, wie lang et so seldene Exemplare öwerhaups noch jöwt.

Prima jemötlech lösst et sech jo läwe, wenn et nit von morjens bes owends öm dech eröm am klengele es. Et soll schonn Lütt jäwe, die nohm Nerwedockter renne, weil se dr janze Daach e enjebeldt Händi-Klengele em Ohr hannt.

Doch Pille odder Droppe jäje Phantombimmelei hät de söns so schlaue Pharma-Industrie noch nit erfonge!

Raderkastedoll kannste och wähde, wenn et bloß eemol klengelt on dann trek widder ophöht. Ki Nömmerke hengerlosse! Dann beste am hen on her simoleere, wä wat von dech jewollt hät. Am beste deht mr dann all sin drissesch Frönde rongkeröm kooz aanklengele on fröcht: Sach ens, häste mech jrad aanjeroofe?

Mi Händi bimmelt emmer dann, wenn ech jrad aan erjenseen Kass stonn on et Portemonnäh en min jroße Täsch am söhke ben. Bes ech dann dat Bimmeldenge jefonge hann, hät et als widder opjehöht. Ech loss jetz mi Händi emmer zo Huus, denn beem Shoppe brucht mech keener störe.

Beste schonn emol op so'n usjefallene Idee jekomme,

dat Denge emol janz afzostelle? Denn, nu emol janz on-
ger ons jesaht, jöwt et nit och ene Hoope von janz angere
Sittewazzijohne, wo dat verdammpe Bimmele nix ze söh-
ke hät on bloß fies störe deht, odder wat meenste? *(2011)*

Op Knöpp dröcke es prima

Nä, wat wor dat fröher eenfach, wie för zom Beispell e Te-
lefon bloß do wor, öm för zo telefoneere. Mr kunnt sin
Fengere en dat Löchske von so'n Wählschiew deue, drie-
he on fähdech! Dann jow et Taste zom Droptippe, öm för
anger Lütt aanzoroofe odder selwer aanjeroofe zo wähde
on fähdech!

Hütt kammer mem Telefon janze Breefkes verschicke,
ene Verzäll speichere on afhöre, mr kann afläse, wä jrad
am aanroofe es on nohkicke, wä wat von eenem wollt, wie
mr jrad nit do wor.

Hütt hät alles ene Pöngel von Knöpp, op die mr eröm-
tippe moss, domet erjenswat loss jeht. Äwer wä säht mech
denn bloß, wat passeert, wenn ech op dä ene odder ange-
re Knopp dröck, on dat es dann fies falsch? Wä deht mech
verzälle, wat et met „extras" odder „menü" op sech hät?

Em Momäng setz ech jrad för min narelneue Wäsch-
masching on ben als en Stond dat schlaue Bedeenongs-
book am stodeere, domet ech op däm „display" et Pro-
jramm möngkesmoß för de elejante Flanellongerbuxe
enstelle kann.

Nä, wat för ene Hoope von Knöpp zom Droptippe!
Wemmer met de Technick nix am Hoot hät, deht mr doch
drööme – so wie et fröher jewäse es – von eenem Knopp
för „aan" on eene för „us". Dat wöhd mech jenöje! Odder
meenste jetz, dat ech e Usloofmodell wör? *(2007)*

Nit zo jlöwe

Nu hammer et schwazz op wiss dörch en Studije von de
Unnität för Sport us Kölle: Mer all hee läwe vill zo onje-
songk, kimmele zo vill on bewäje ons zo wennech. Weeß-
te, wat do jestange hät? NRW, dat Cörry-Woosch-Land!
Kömmer denn jlöwe, wat us Kölle kütt?

Do künnten dech jlatt Cörry-Woosch on Pommes em
Hals stecke bliewe. Äwer dat jeht jo nit, denn mer hee aan
de Düssel donnt doch so'ne fiese Fraß eesch janit esse!

Mer kimmele doch leewer ons leckere jesonde Düssel-
dorwer Spezijallitäte: Flönz janz marer met Mostert, Äh-
pelschloot janz ohne Majonnäs met Minikotlettches, Fer-
keshax ohne Fettschwaht em Wisse-Kappes-Bett ohne
Sahnepürree dröm eröm on hee on do emol ene Sennef-
rostbrode, dä doch ja kin Speckröllekes aansetze kann.

Kickt mr sech ons Kimmelkaht aan, deht mr doch
trek schmecke, wie lecker jesongk se es. Wenn mr dann
noch aan ene Hoope von Bewäjong on Trimm-Aktievitä-
te denkt, die wo mer ons hee aan de Düssel jönne: Jogge
on Walke em Aaper Wald, mem Rädche am Rhing langs
jöcke bes Kieschwäth on widder retuhr, dann owedrop
noch Radschlare, Danze on Höppe! Jäje ons es doch selws
ene Jesongkheetsapostel en jlatte Pief!

Wedde, dat mr en Kölle för ehr Studije ons Lütt von
de Düssel verjesse hät zo interwjuhe?! Dat süht denne
Kölsche emol widder ähnlech!

So wie se potze – mer kenne doch all dä Kölsche
Wesch – so schriewe se och.   (2010)

Met Knubbele

Fröher hät mr jo öm sech eröm öwerall vill mieh als wie hütt ons herrleche Heimatsproch jehöht. De Lütt hannt all Platt jesproche on wenn se sech ene vörnähme Deu aandonn wollden, dann jeng dat offt janz fies donäwer.

Wie för zom Beispell et Primelbecks Treske emol piekfein bei sojenannde Härschaffte enjelade wor, wollt et sech natörlech nit blameere on hät beem Esse för de Frau von Hompesch jesaht: „Künnt Ehr mech emol de Kumpfe met denne Erdäpfele aanjäwe?" Denn et wollt jo nit platt sare: „Donn mech ens de Ähdähpelskump!" En däm Fall wore „Kumpfe" on „Erdäpfele" de Knubbele.

Et kunnt och angers eröm jonn, wemmer sech schonn janz op Hochdeutsch jebrasselt hadden, hät sech medde em piekfeine Verzäll ene platte Knubbel dozwesche jedeut: „Bitte noch einen ‚Klätsch' Risotto, Herr Ober!" En däm Fall es natörlech dä „Klätsch", dä Knubbel!

Hüttzedaach moss mr sech ene jlobale Deu aandonn. Ohne ene Hoope von Anglizismen-Knubbele op de Zong brucht mr de Schnüss eesch ja nimmieh opzomake.

Nä, wat moss mr enzwesche öwerall för Knubbele läse on höhre. Hütt säht et Fiona-Finche för sinne momentane „Lawer", däm Manes-Michel: „Liebche, dat ‚Ivänt' kömmer ons nit entjonn losse on wat eesch de ‚Lokäschen' aanjeht, die es rongkeröm ‚hip'. Mer wolle doch ‚in' sin, äwer wemmer do nit henjonnt, semmer ‚aut', on en wat för enem ‚coole Autfitt' mer ons do kicke losse, dat mösse mer ons och noch joot öwerläje." Sach ens ehrlech, es dat noch zo toppe? Au wei, dat es jo och als widder so'ne Knubbel! *(2009)*

Wat et nit all jöwt

Bei ons en Düsseldorf jöwt et jo nix, wat et nit jöwt! För zom Beispell dat hee:

Häste kinne Hongk zo Huus, dann bruchste jetz hee janit wieder zo läse. Äwer deht ene Veerbener öm dech erömsprenge, dann moss et Herrche odder et Frauche met däm am Sonndaach – ejal of Räje odder Sonnesching – hee op de Rennbahn noh Jrofeberch jonn.

Woröm? Pass ens op! Ohne englesche Usdröck – Anglizismen – löpt jo hüttzedaach nix mieh: „Dog Event" jöwt et do. Mr künnt och sare „Höngjedöns", on dat hammer von ellef bes achzehn Uhr. Met minnem Föötche-aan-de-Ähd-Daggel Herkules moss ech natörlech met de Nas dobei sin. Denn ech well emol teste, of dat Dier ene rösije Dropjänger es odder en lahme Ent. Kann minne Hongk Fooßball speele, met Schmackes en Frisbeeschief schmieße odder met angere Höng lecker flöck öm de Wett renne? Löpt minne kleene Herkules mem Frauche zosamme ene Slalom, höppt met Kawuppdesch op en Wipp on krabbelt dörch ene Tunnel odder deht mi Liebche mech fies blameere on hät Schiss?

Mäkt nix, op alle Fäll koof ech minnem Hezzblättche e neu Halsbängelche us Krokoläder met Brillis drop zom Stronze, e Satängkesse zom Dropschlope on e Döppe us noblem Porzelläng zom Fresse, wie sech dat för ene Düsseldorwer Hongk jehöht.

Ech ben als jespannt wie 'ne Fletzebore, wat ech mech op de Modeschau för Höng all bekicke kann. Hoffentlech hann ech och jenoch Moppe en de Täsch! Äwer för mi Liebche es mech doch nix zo düer! (2009)

Kicke on bekickt wähde

Wellste em Internett jet söhke on fenge, dann mäkste dat met de Joogel-Söhkmasching, on fähdech! Dat es e janz doll Dengen, besönders wemmer en neujeerije Schnöfnas es. Wenn ech alles weeß, dann ben ech och nimmieh neujeerech, hät min Omma selech emmer jesaht. Domols hät se met ehr Schnöfnas och ohne zo joogele alles erusjekritt, wat se hät wesse wolle.

Hüttzedaach löpt ohne Joogel nix mieh. Dodraan hammer ons och schonn all jewönnt. Nu es doch sojah so'ne Ware met Fillm- on Fottojedöns owe op'm Dach dörch de Stroße on Jasse am erömfahre, domet neujeerije Näskes sech beem Joogele alles hoorkleen on schwazz op wiss aankicke könne.

Jrad kütt min Nohberin, de Frau Kappeskamp, met enem staatse Jummoboom met Pott draan on ene Pöngel von Blomekasteblömkes eraan on säht: Met minnem Balkong on verdrüchte Blome well ech mech nit blameere, wemmer sech däm jetz fies jenau met de Joogle-Masching bekicke kann!

Dä alde Schluppemann von näweraan hät sech jester e Kawänzsmannjitter Modell Knast aanbrenge losse on hät jemeent: Nu könne so Jauner on Janowe trek kicke, dat se bei mech nit erin kleddere könne, öm för jet zo klaue!

Ech kann dat Jeföhl, stickum bekickt zo wähde, janit verknuse. Nä, nit met mech! Ech well kin Stronzdekorazzijohn am Huus hann on e Kaschottejitter vör de Nas schonn emol janit! Äwer wat söns? Häste kinne usjefallene Enfall? *(2010)*

Papeer es jedoldech

Et jeht doch nix öwer so'n schöne Erennerong!

Nä, wat hät mr bloß för ene Hoope von Fottos en de Ferije jemaht! Jetz moss mr äwer dat Besde drus make, domet jeder kicke kann, wie doll dä Urlaub wor on wat för ene jeniale Fottejraf met dobei jewäse es.

Hüttzedaach hät mr jo en Dijitalkamera on e Projramm em PC, met däm mr prima jemötlech, us de Ferije widderjekomme, zo Huus aan de Fottos erömfriemele, monteere on manepoleere kann. Dat heeß, dat mr – häste-nit-jesenn – us en hässleche Ent ene Paradissvorel make kann.

För zom Beispeel wähd dä jröne Bikini vom Treske-Tatjana met enem flöcke Klick op emol lilla. On wie süht denn op däm Fotto ons Papp us? Janz wiss wie Mozzarella von owe bes onge! Dat kütt dovon, wemmer bloß em Schadde leeje well. Wör doch jelacht, wemmer däm nit ene Karamellfärw aanbrassele künnt!

Och kick ens! De Mamm es op däm eene Fotto janit drop, äwer doför op enem angere trek vöreaan, wo mr emmer eso korpulänt ussüht. Dat hät se doch janit jähn! Mäkt nix, rubbeldikatz kwetsche mer se noch met en dä Strandkorw erin, domet de janze Famillich komplett es.

Och enä, ons kleene Tünnemann hät janit sin Sangkschöpp dobei, dat Jebohtsdaachsjeschenk von de Omma! Dat Schöppke moss met drop sin, söns es de Omma op'm Schlips jetrode, wenn se sech de Ferijefottos bekicke moss. Zack, kritt dat Ströppke dat Dengen och noch en de Hangk jedeut!

Wemmer jetz noch e elejant Joldrähmche koofe, hammer e prima Fotto för de Omma ehre Jebohtsdaach nächsde Woch!

Beinoh hädde mer de Omma och noch op dat Fotto met drop jefriemelt, äwer dä Fusch wör trek opjefalle, denn se es doch janit metjefahre. *(2009)*

Ene Pöngel Ströpp

Sietdäm de Scholl widder aanjefange hät, kannste dech jede Daach hee en de Ziedong ene Pöngel Ströpp aankicke. En janze Klass rabbelvoll met I-Dötzkes us de een odder angere Scholl hee aan de Düssel.

Nä, wat send dat all för leckere Stömpkes! De janze Palett von krützbrav öwer rösech bes rotzfresch! Op so'nem Fotto setze se jo all brav en een Reih, Remmidemmi on Radau es noch nit aanjesaht. Doch wenn dann de eeschde Woche eröm send, de janze kleene Bajasch sech aan dat Läwe en de Klass jewönnt hät, on och dä letzde Bangezibbel kinne Schiss mieh hät, dann jeht äwer de Post af!

Schriewe, läse on reschne könne se noch nit, on dat Stellsetze op'm Stöhlche es fies fad. Fisematentches make es vill schönnder: Pablo es eene Papeerfleejer nohm angere am friemele, Kevin kläwt sinne Kaujummi däm Vördermann op dr Pulli, Drajan verkamesölt däm Mario, denn dä hät ehm jrad fies jekneffe, Konstantinos schmießt met Kawuppdesch de Kakaofläsch öm, Sven-Pitter well Verstecke speele onger de Bänk, Fiona moss op et Klo, dat Jabilein es am bratsche, denn et hät kinne Bock op Beldches mole, on däm Chantalle esset fies fleu em Mare, et moss flöck noh drusse op'm Hoff.

Fix on fähdech send Pänz on Lährer, wenn et endlech för de Paus bimmelt. Nä, wat send dat all för leckere Ströpp (wenn se nachts schlope)! *(2010)*

Ohne Rüsch fluppt nix

Häste noch all din fönnef Sinne beisamme? Dann esset jo joot, denn mr deht se och all zosamme bruche, on dat öffters als wie mr denkt. För zom Beispell kannste anger Lütt kicke, höhre on … rüsche.

Öwer dä eene odder angere, dä wo mr nit verknuse kann, säht mr jähn: Nä, däm kann ech nit rüsche! Dobei hät mr janit so'n dolle Nas wie z. B. ene Hongk, dä all dat öm sech eröm dörch Schnöffele on Schnoppere erläwt.

Mer Mensche dojäje könne koom dä Ongerscheed zwesche enem weeche Camembär, dä am loope es, on enem noch wärme Wanderstiwwel, met däm jrad jeloope wohde wor, met ons Nas erusfenge.

Om dat nu zo kompenseere, hät dr Mensch dat Parföng erfonge. So'ne Kuschelemusch von Odeurs kann selws dä letzde Zenke – dat es e anger Wohd för Nas – rejestreere. So'ne dolle Rüsch kann eenem sojah raderkastedoll make. Wenn för zom Beispell dä Schäng-Schorsch sech met enem Wässerke aanjespretz hät, dat noh Pähdssaddel odder Motoreöl rüscht, falle Frollütt flöck öm wie de Fleeje.

Dojäje bedröppelt sech et Finche-Fiona jähn met enem Aroma ussem arabesche Serail, domet ussem jedem Mödköttel häste-nit-jesenn ene rösije Scheich wähde kann.

Fröher hät de Omma selech sech met Ottecollong bespröht, öm vom Oppa jesöhkt on jefonge ze wehde. Hütt kannste met däm Odeur us Kölle kinne Kähl mieh henger'm Owe vörlocke. Et moss schonn ene janz exotesch usjefallene Rüsch sin, domet so e Mannsbeld öwerhaups sin

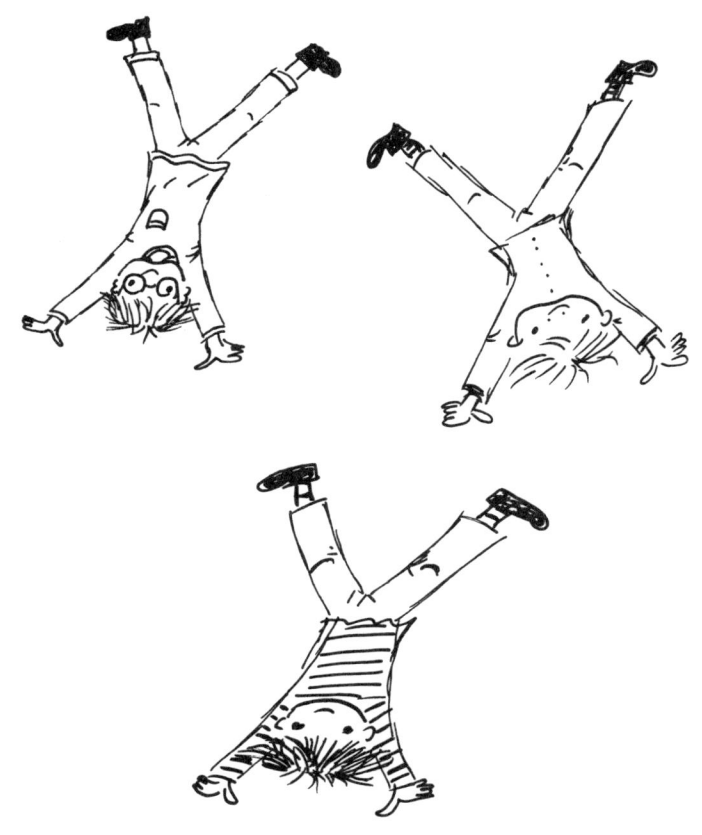

Nas en dr Wengk halde deht on mem Schnoppere aan-
fängt.

Wo mer jrad beem leckere Rüsch send, do fällt mech
doch jet en.Wie wör et denn emol met Eau-de-Düssel
statt Eau-de-Cologne? Dat mösst doch e Doftwässerke
sin, aan däm keener vörbeirüsche kann!   *(2010)*

Prummetaht es aanjesaht

Weeßte, wie dä Sommer em Momäng schmeckt? Nä, nit noh jrön Jemös odder Hembeeries. Nä, Sommer schmeckt noh Prummetaht öwerall on rongkeröm.

Et jöwt kin Bäckerei, wo de leckere Stöckskes nit op'm Blech erömleeje on dech aanlache. Mech es jetz als et Wasser en de Mull am zesammeloope, hm lecker! Jede Nohmeddaach künnt mr sech so e Stöckske verkimmele on am besde met enem Hoope Zimmet on Zocker drop. Äwer bloß kinne Klätsch Sahne dobei, dat wören nemmech zovill fiese Kallorije! Mr moss jo och aan de Fijur denke.

Häste schonn emol e Kawenzmannsblech för de janze Famillich selwer jebacke? Au weia, wat för en fiese Ambrasch! So e Kajöttche voll met Prumme noh Huus ze schleppe es janix jäje de Brasselei, dä Steen us so'n Prumm eruszofriemele! Leck mech dr Zocker vom Kooke, wie hannt min Fengernäjelches am Äng usjesenn! Do wor äwer direktemang ene Besöhk em Narelstudijo French Nails op de Eck fällech. Dat es mech en lecker düere Prummetaht jewohde.

Nächsde Woch donn ech mech min Prummetaht widder beem Bäcker koofe, dat kütt mech billijer. On wie schön jemötlech so'n opjeröömde Kösch es on piekfein proppere Fengernäjel, dat bruch ech jo hee keenem zo verzälle odder? *(2010)*

Badebütt adschüss

För jonge Lütt moss hee kooz jet usenangerklamüsert wähde: En Badebütt es janz janz fröher ene Bottech us Zenk voll met Wasser jewäse, en däm am Samsdaacho-wend de janze Famillich, eener nohm angere, erinjehöppt es, öm sech dä Dreck von de janze Woch afzoschrubbe.

Hüttzedaach dojäje lösst mr offt en Neubauwohnon-ge de Badebütt janz fott. Lütt von hütt donnt leewer du-sche. So e Duschkabüffke deht mr dech als sojenannde Wellness-Oas verkoofe, wo mr jede Morje wie en Venus von Milo odder ene antike Adonis schuumjebore erus-kleddere kann. Dat Dusche jeht vill flöcker, mr kann et jede Daach donn, dröm semmer och all hütt von Kopp bes Fooß lecker propper on nimmieh fies knüsselech wie mansch eene fröher jewäse es.

Ußerdäm kütt mr en so'n Dusch och prima erin … och widder erus. Em Alder künnt et nemmech schonn emol sin, datte fies Maläste häs, widder us de Badebütt eruszokleddere.

Jrad hann ech jeläse, dat dä kleene Sprenghöppes von de Franzmänner, dä Sarkozys Nickelaus, sech en Badebütt en sinne Fleejer enbaue lösst, öm sech nimmieh noh de Seef recke on strecke zo mösse. Och wenn so'n Bütt för dä Dotz nit jroß sin moss, künnt doch et Wasser bei Turbu-lenze on Loftlöscher emol fies öwerschwappe. Wenn däm kleene Kähl dann bloß nit et Wasser bes zom Hals am stonn es!

Nä, leewer en Dusch als wie en Bütt, piepejal wie kleen, jroß, jong odder alt mr och es! *(2010)*

SEPTÄMBER

Anglizismen bruche mer nit

Kick ens aan! Do hät dä Schneiders Wollef e schlau Book jeschreewe, en däm hä ons am usenangerklamüsere es, dat mer en ons Sproch ene Hoope von Anglizismen hannt, die janit nödech send.

Watte nit säht! Dat hädden ech däm och verzälle könne, ohne trek e janz Book dröwer zo schriewe.

Anglizismen send Usdröck ussem Englesche, ohne die vill Lütt meene, sech nimmieh usdröcke zo könne. Dobei hammer jenoch schöne Wöhd, die datselwe sare. Dehste mech frore, sach ech bloß: Anglizismen bruche mer nit, fott domet!

Nu sach ens ehrlech, mösse mer denn hütt öwerall en de Stadt dat Wohd SALE läse? Deht et denn dann altbekannde Wohd Usverkoof nimmieh?

Op de nächsde Eck am Büdche deht dech widder wat Englesches en de Öjelches sprenge: „Coffee to go", wat eso vill heeß wie Kaffee zom Metnähme. Wellste shoppe jonn, mosste natörlech och en Shopping-Bag hann. Jonn bloß nimmieh met en Enkoofstäsch odder enem Bühdel nohm Maat, öm för et Jröns on Jemös enzokoofe.

Von denne janze Anglizismen ben ech fies Koppping am kreeje – also nit ene Blackout –, dröm jonn ech jetz och nit nohm Medical Center, öm för mech Pille zo koofe. Ech loof noh min Apthek, domit ech owends – nit för mi Date – för mi Treffe met minnem Liebche – nit minnem Lover – widder joot drop ben. Eejenslech wollt ech jo sare „rongkeröm fitt", äwer dat wör jo och als widder so e englesch Dengen!   (2008)

Wat et nimmieh jöwt

Eens-zwei-drei em Sauseschrett löpt de Ziet, mer loope met! Dat hät dä alde Wellem Busch als jesaht. Hüttzedaach löpt de Ziet eso flöck, do wöhd dä Buschs Wellem escht Bauklötz staune!

Mer dojäje staune als lang nimmieh, jewöhne ons aan all dat on sare ons: Et kütt, wie et kütt! So esset och jekomme, dat et hütt vill nimmieh jöwt, wat et fröher noch jejäwe hät. Och de Namens doför send dörch dat Metloope met de Ziet verlore jejange.

För zom Beispell „dä Schöddelplack". Fröher wor dat e fies jries Stoffläppke, met däm de Omma en ehr Kösch nit bloß dä Spölsteen, och söns all dat, wat dröm eröm, dronger on dröwer jewäse es, am wesche on weenere wor.

Nu lommer emol us de Kösch erus on doför en de Kur jonn. So e Sanatoriom mosste hütt söhke, send nimmieh vill von do. Met verlore jejange es dä schöne Usdrock „Kurschadde". Fröher jeng mr zweimol em Johr – de Krankekass hät dat jo domols doför noch Moppe jehatt – noh de Kur wäje Röggeping on kohm wie Phönix us de Äsch, d. h. wie neujebore widder. Dä Jongbronne wore äver nit de Pille, Spretzkes odder de Fangobadebütt. Nä, dat Wondermeddel hät zwei Been on ene Lockekopp jehatt on kunnt prima et Danzbeen schwenge. Nu hannt de miesde Sanatorije de Pootze zojemaht. De Krankekasse send fies kniepech jewohde on so rubbeldikatz kritt mr nimmieh en Kur verschreewe so wie fröher.

Dröm es so'ne Kurschadde enzwesche e Usloofmodell jewohde, däm mr met de Lamp söhke moss. Schad äver och, odder? *(2009)*

Aape send ärm draan

So'ne Aap kann eenem escht leed donn! Dat ärme Dier hät ons janix jedonn, trotzdäm semmer däm emmer am verhohnepiepele.

Send de Temperature wie doll am kleddere, dehste direktemang kühme: Nä, wat es dat en Aapehetz!

Häste Radau on Remmidemmi en de Bud, beste flöck am nörjele: Hammer hee ene Aapekäfech?

Kritt eener dä Fooß nit vom Jaspedal, heeß et: Dä Flappmann kütt eraan mem Aapetempo.

Beste Bauklötz am staune, sähste: Ech jlöw, mech es ene Aap am luuse.

Wellste enem angere janz fies jet drop jäwe, dann kannste däm dat Wohd „Aapejesecht" aan dr Kopp schmieße.

„Aapefutt" jöwt et och, äwer so fies ordinär well ech mech hee jo nit usdröcke!

Mäkt eener op sinnem Rädche kin bella fijura, denkste direktemang aan ene Aap op'm Schleefsteen odder häs ene Klammeraap vör Oore.

Nu kammer hen on her simoleere, woröm dä Aap hee bei ons so'n dolle Poppularetät jekritt hät. Do deht eenem trek dä alde Darwin enfalle, dä meent, dat mer doch all vom Aap afstamme. Jo, wenn dat so es ...

Wieso heeß et eejenslech Aapehetz? Em Zoo süht mr de ärm Aape emmer em Schadde hocke, denn Hetz könne se nemmech janit verknuse. Woröm Aapetempo? Häste schonn emol ene Aap em Automobil flöck erömjöcke jesenn? Ech nit!

Bloß so Aapevisasche, die hann ech mech schonn offt aankicke mösse. *(2007)*

Däm Ev sinne Appel

Schonn em Jahde Ede hät et aanjefange. Et jöwt nix, wat eenem mieh verlocke deht, als wie jrad dat, wat verbode es. Däm Ev sinne Appel hät däm ärme Adam so en de Nas jestoche, datte nit draan vörbeijonn kunnt. On wat es dat Äng vom Leed jewäse? Knatsch on Knies mem leewe Jott on –zack! – erusjeschmesse us däm schöne Jahde, däm Paradiss!

Nä, wat hät mr hütt em Läwe nit all för leckere Äppele öm sech eröm, äwer dat Plöcke es fies verbode! Doch wat säht mr sech dann? Wenn et keener süht, dann mäkt et doch nix! Mr kann prima jet henge eröm donn, mr darf bloß nit eso dusselech sin on sech dobei erwesche losse.

Kleene Ströpp freue sech, wenn se henge eröm Jummibärkes stiebitze on met Jenoss verdröcke, wenn de Mamm all dat, wat lecker söß es, verbode hät. Wie jähn kicke sech de sojenannde Teenies jenau dä Fillm aan, dä för Blare janit freijejäwe es! Wie offt häste fröher stickum jrad dat jedonn, wat nit sin sollt? Wieso eejenslech fröher? Hütt, ejal en wat för e Alder, deht mr emmer noch am leewsde dat, wat mr jrad nit donn sollt, wemmer emol ehrlech es. Fröher wie hütt schmecke doch de Kehsche us däm Nohber sinne Jahde am besde odder nit?

Äwer Vörsecht, so'ne Kick jöwt et offt nit för ömmesöns! Dat Äng vom Leed künnt nit bloß Knatsch on Knies mem leewe Jott jäwe.

Wemmer Pesch hät, künnt mr och hütt noch von erjenswo on erjenswäm erusjeschmesse wähde! *(2009)*

Dat Müffel- on Süffel-Toürke

Von hütt aan bes nohm 3. Ocktober löpt hee aan de Düssel – wie alle Johr widder – de sojenannde „tour de menu gusto". Angers eröm jesaht: ene leckere Tripp zom Müffele on Süffele.

Nit wennijer als wie fuffzesch Kösche-Maestros us Düsseldorf on drömeröm send jetz för veer Woche met Köppke, Kochlöffel on Kasseroll kreatiew am erömbrassele. Wat heeß dat denn nu för dech on mech, för däm Schmitze Schäng-Döres on för et Kappeskamps Kathring?

Zoeesch moss mr sech emol schlau make, wat för Restorangs bei däm Müffel-Süffel-Toürke öwerhaups metmake. Dann deht mr sech do vörsechtshalwer ene Desch reserveere losse, on dann nix wie hen on sech een Telikatess noh de angere en so'nem Drei-, Veer- odder Fönnef-Jang-Menüh verkimmele.

Nit zo verjesse, sech och e lecker Dröppke, wat natörlech lecker jenau op dat Menüh afjestemmp es, dobei zo verkasematuckele. Am Äng, wenn mr nimmieh „papp" sare kann, moss mr fies oppasse, dat mr nit schonn eene em Kahtöngelche hät! Denn jetz mosste noch schwazz op wiss dinne Kommentar afjäwe, wie doll – odder och nit – dech dat janze Journmee-Jedöns jeschmeckt hät.

Mech es jetz als beem Läse schonn et Wasser en de Mull am zesammeloofe! Also nix wie hen on metjemaht!

Wenn mech bloß minne Charly-Drickes, dä janz op Hussmansskost von sin Mamm selech am stonn es, nit leewer mem Flönz-Röggelche zo Huus bliewe well! (2010)

Ons Latähnepitsch

Diesdaach hät en de Aldestadt ene LKW-Fahrer en Jasla-
tähn ömjefahre. Dat wor sozesare ene Latähnetitscher.
Wat ene Latähnepitscher es, kütt jlich noch.

Natörlech es trek Jas erusjekomme, on flöcke Füer-
wehrmänner hannt direktemang profülacktesch all de
Lütt, die wo drömeröm wohne, evakueert. Jott sei Dank
es äwer nix on nömmes en de Loft jeflore!

Brucht mr hüttzedaach eejenslech noch so Jaslatähne
von anno? Äwer secher dat! Aan so'n alde Tradizzijohn
halde mer fest. Öm 1900 eröm jow et hee mieh wie secks
mille von Jaslatähne, on sojenannde Latähnepitscher
hadden owends met enem lange Stöckske on enem
Flämmke draan de Latähne aanjemaht.

Fies för dr Doll jehalde wohden se von Aldestädter
Pänz, die wie Aape am Latähnepohl eropklömpden, öm
för flöck dat Jasflämmke widder uszomake. Dä! Eene von
denne Jasmänner, dä sech emmer besönders jähn eene je-
pitscht hät, es sozesare ene Prommi jewohde. Däm ärme
Kähl hannt de fresche Rabaue emmer versöhkt, sinne
Stock zo klaue, wat äwer nie jefluppt hät.

Dat Aldestädter Orijinal vom Latähnepitsch deht si
1959 en Bronze jehaue – odder säht mr hee jejosse? – en
ons Stadtwerke stonn, fröher op de Luisestroß, jetz op'm
Höher Wäch.

Och wenn hütt kinne Latähnepitsch mieh dä Brassel
morjens mem Usmake on owends mem Aanpitsche am
Been hät, wolle mer de alde Jaslatüchte stonn losse, domet
noch jet von de „joode alde Ziet" bliewt on mer noch e
beske en Nostaljie schwelje könne odder wat meens du?

(2008)

Do lachste dech kapott

Mr es emmer widder janz platt, op wat för usjefallene En-fäll de Lütt komme, wenn se statestesche Ömfrore make wolle. Do jöwt et nix, wat et nit jöwt.

Letzde Woch kunnt mr em „Blädderwald", wat jo hütt vörnähm Printmedije heeß, läse, wo en de janze BRD ons Mannslütt am miesde zo lache hannt. Em Läwe nit wör ech op so'n Idee jekomme, dat sojet de Lütt öwerhaups in-teresseere künnt. Äwer et moss doch ene Hoope von Schnöfnäskes jäwe, die wo nit rohech schlope könne, wenn se sojet nit wesse.

Nu pass ens op! En Bonn on en Kölle lache de Kähls fuffzehn Menudde am Daach, direktemang dohenger – Jott sei Dank – donnt sech de Düsseldorwer Mannsbelder kapott lache, dann eesch komme de Bajuware on de Hes-se. Nu kütt janz lang nix, on janz am Äng de ärm Kähls us Chemnitz, die wo et jrad emol op fönnef Menudde am Daach brenge.

Eejenslech deht mech all dat janit öwerrasche. Dat ons Mannslütt vom Rhing emmer joot drop send, wesse mr doch als lang. Doför hädden mer doch kin Ömfrore jebrucht. Ech weeß äwer och, woröm ons Jonges hee so joot lache hannt! Ech kann et üch usenangerklamüsere: Mer Mädches vom Rhing send jo sowat von tollerant, hannt kin Hoor op de Zäng on losse de Mannslütt aan de lange Ling loope noh däm Motto: Mr moss och jönne könne.

Schad, dat de Ömforerei nit och verrode hät, öwer wat de Mannsbelder am miesde lache! Dat hädden ech nem-mech emol jähn jewosst!   (2005)

Daggel odder Dobermann

Nohdäm ech mech hee en de Ziedong dörch de Serije öwer Höng hann schlau make könne, lösst mech dat Thema Hongk nimmieh schlope. Mr künnt jlatt sare, dat ech op dr Hongk jekomme ben.

Nä, wie hät mr bloß bes hütt, ohne so'ne treue Schlupp von Veerbeener läwe könne? Von denne Zweibeener deht dech doch keener vör Freud entjäje höppe, wennde noh Huus kütts. Prima ongerhalde, kannste dech och met so'nem Dier, ohne dat dat dech fresch dozwesche kwasselt odder Widderwöhd jöwt.

Nu litt natörlech de Froch op de Hangk, wat för ene Hongk mr sech denn nu aan et Been benge well. Wä de Wahl hät, dä hät och de Kwal! So'ne Chihuahua – offt jesenn mem Schlöppke op'm Dätz odder am Stähz – deht mech nit joot stonn. Met so'nem rotzfresche Daggel kannste flöck Knies met de Nohberschafft kreeje. Och ene Mops well ech mech nit jede Daach aankicke. Öwer-

haups soll et – wenn schonn, denn schonn – nit e Mini-
Höngke, et soll ene staatse Hongk sin! Näwer so'nem ele-
jant-dönne Wengkhongk künnt mr selwer wie 'ne Knub-
bel ussenn. Nä, leewer 'ne Dobermann, näwer däm süht
selws ene Moppel wie en filijrane Ellef us!

A propos Jassijonn! Häste schonn emol spetz jekritt,
dat mr direktemang janz flöck met anger Lütt Kontackt
am kreeje es, wenn mr so'ne Fifi bei sech hät? Häste-nit-
jesenn es mr meddedren em Verzäll met Lütt, die mr ja-
nit kenne deht. Natörlech es mr sech eesch bloß öwer dä
Veerbeener am ongerhalde. Äwer pö-a-pö kann et dann
och intiemer wähde, wie wenn mr schonn johrelang joot
bekannt wör. Beste so als Single fies fad alleen on wellste
dat äwer nit bliewe, dann donn dech ene Fifi metnähme
on zack – häste ene Hoope Lütt am Been on nit bloß ene
Hongk!   (2010)

Säjerei em Schlopzemmer

Ech meen jetz domet nit, dat jrad ene Hangkwerker do es,
dä sech fies am afbrassele es, öm för dä Kawenzmanns-
kleederkast en Stöckskes usenanger zo säje odder et
Nachtskonsölche met de Säch kleen zo make.

Nä, ech denk jetz aan all die Lütt, die jemötlech op de
Matratz leeje – en de miesde Fäll op'm Rögge, man-
schmol och op de Sitt, selde op'm Buck – on am schnar-
che send, dat de Wäng waggele. De Statisticker, die welt-
wiet onger'm Bett jeläje hann mösse, verzälle ons, dat je-
der Fönnefde em Schlofzemmer so'ne Radau mäkt.

Natörlech dreimol sovill Mannslütt wie Frollütt. Ki
Wonder, denn mer Fraue send doch schonn von Huus us

janz höhsch on nit zo höhre. Nu kammer sech jo joot vör-
stelle, dat so e ärm Fräuke för e Heiabett em angere Zem-
mer am plädeere es, wenn et näwer so'nem Radaubroder
schlope moss.

Nu hät mr zom Jlöck erusjefonge, dat dat Schlope al-
leen vill jesönder sin soll als wie em Duett on dann noch
met Krach. Mer Frollütt send jo jähn op'm Jesongkheets-
tripp. Dröm nix wie fott, on et sech em Zemmer näweraan
jemötlech make! Mr künnt natörlech och dat Dubbelbett
usenangersäje, äwer dat mäkt och widder Radau on es vill
zovill Brassel.

Deht mr sech dann emol fies verlosse on alleen föhle,
kann mr doch sahlsöß flöte: Liebelein, ech hann do jrad
jet jehöht! Künnt et sin, datte mech jeroofe häs?   *(2009)*

Pille make krank

För de Risicke on de Werkonge janz näwebei sollste din-
ne Dockter odder Aptheker frore. Sojet Öwerschlaues
kammer emmer op denne Beipackzeddelches läse, wem-
mer sech jrad vom Dockter Dörchbleck e Medikamäng
hät verschriewe losse on beem Aptheker Pilledrieher je-
kooft hät.

Nu froch ech mech, wieso denn dann de Pille öwer-
haups helpe könne, wenn se erjenswie och riskant sin od-
der mech jet aan dr Hals brenge könne, wat ech noch ja-
nit hann. Nä, dann loss ech dat doch leewer janz sin on
donn eesch dat janze fiese Chemiezüch janit en mech
erindeue! Do bruch ech kinne stodeerte Schlaukopp zo
frore. Dat säht mech doch schonn minne eejene Kopp
von alleen.

Jrad hann ech och noch en de Ziedong, op de schlaue Sidde „Wisseschafft", jeläse, dat et ene Hoope Pillekes on Zäppkes jäwe soll, die wo janix helpe odder von denne mr sojah fies kapott jonn soll. Do esset mech äwer trek fies fleu em Mare jewohde.

Nä, nit met mech! Wat hät min Omma selech emmer jesaht, on die es nüngzesch Johr jewohde? Et jeht nix öwer de alde Huusmeddel, Kengk! Wenn ech jetz en Brongschitiss kreeje sollt, drenk ech ene stiefe Jrogg met lecker vill dren, donn mech e Wollläppke öm minne Hals benge on dann nix wie onger't Plümoh! *(2008)*

E beske nett

Et jöwt Lütt, die könne dech kahpafdesch vör de Schnüss sare, wat se meene. Offt deht dech dat äwer janit jefalle, och wenn et fies stemme deht. Mr künnt et nemmech jenau eso joot och e beske nett sare. Dat heeß also e beske verbräme, jnädech ömmäntele, domet et nit eso wieh deht.

Mer Lütt hee am Rhing send jo doför bekannt, dat mer ons all dat, wat nit jrad schön es, direktemang schön kwassele könne. Woröm also nit och so e paah Pongk, die mr zovill drop hät? So'ne ärme Speckrämmel kritt doch direktemang Depressijohne, wemmer däm si Öwerjewecht nit e beske nett ömschriewe wöhd!

So fiese Wöhd wie korpelänt, deck odder fett kann kinne Pummel verknuse. Dröm sare mer doch leewer e beske nett: Dat Fräuke odder dä Jong es vollschlank! Do kammer doch joot met läwe, wenn us de Wespetallje von fröher en Hummeltallje jewohde es odder us däm Wäschbrettbuck ene Ballong. Dat Besde aan däm nette

Usdrock es jo, dat dat Wohd schlank dren vörkütt! So kannste noch e beske dat Jeföhl hann, dat de Mannekängfijur us de Jurendziet nit voll verlore jejange es. On och dat staatse Mannsbeld künnt sech met däm Wöhdche schlank noch enbelde, als Dressmän för XL dörchzojonn.

E beske nett, dat jeht doch! On öwerhaups es mr doch nie zo deck, mr es emmer bloß zo kleen! Wenn ech dat jetz nit nett jesaht hann, dann weeß ech et nit! *(2010)*

Aldebühdelssommer

Nu hammer Indian Summer. Well mr nit emmer bloß met englesche Usdröck öm sech erömschmieße, dann kann mr och Altwiewersommer odder Ahl-Schatulle-Sommer sare.

Wenn mr e Fengerspetzejeföhl för Flora on Fauna hät, weeß mr och, dat dä Sommer, sech nu pö-a-pö am dodörchmake es. Mäkt mr morjens fröh de Öjelches op, esset schonn nimmieh janz eso hell wie noch för drei Woche, on owends kann mr drusse och schonn emol fies kalde Fööß kreeje, wenn mr noch ohne Söck ongerwäjens es. Piepmätz fange als aan, sech höhsch on stickum zo sammele, öm för sech dann op de Flöjele zo make en Rechtong ewije Sonnesching. Em Jahde dommer jrad de letzde Prumme ennet Kajöttche schmieße, domet de Mamm zo Huus en leckere Prummetaht friemele kann, die direktemang von de janze Famillich verkimmelt wähd. De eeschte kwittejähle Bläddere öwerläje sech, vom Boom erafzofalle, on minne ärme Charly-Drickes hät als fies Röggeping vom Zosammefäje. Denn och en sinnem Jahde kann hä et nit verknuse, wenn et ussüht wie en so'n

139

Huttata! Och ons Oppa es als widder am kühme on klare
öwer Ritzematitzki, dat heeß vörnähm jesaht Rheuma-
tissmuss, en all sin Knöckskes. Wenn hä dat widder hät,
dann weeß et de janze Famillich, dat dä Sommer am Äng
es.

Dat Jeknatsch on de Kühmerei von so Mannslütt
kann mr sech doch escht nit metaanhöhre. Dodröwer
ben ech aan et Öwerläje jekomme: Woröm heeß et denn
eejenslech Altwiewersommer?

Aldebühdelssommer wöhd doch dreimol besser pas-
se odder?   (2006)

Herws op de Matt

Häste jester emol op dinne Kaländer jekickt? Mr sollt et
nit jlöwe, do hät nemmech dr Herws aanjefange! Dobei
hät hä sech noch emol dörch on dörch ene sommerleche
Deu aanjedonn, so dat mr janit merke kunnt, dat hä als
op de Matt am stonn es. On föhle kunnt mr dat schonn
emol janit.

Domet esset nu hütt on och för de nächsde Daach am
Äng. De jeföhlde Temperature stonnt rongkeröm op
Herws. Von Weste öwer däm Kanal komme nix wie Wol-
ke, Räje on Wengk eraanjetrocke. Wat nu? Ohne Strömp
odder Söck kammer nimmieh loope, dat Ti-Schöht Mo-
dell „buckfrei" kannste em Klamotteschrank bes em
nächsde Fröhleng janz noh henge packe.

Dat wohd äwer och Ziet! Jetz könne de Düsseldorwer
met ehr narelneue Herwsklamotte erömstronze, ohne
fies dobei schwetze zo mösse. Et Finche-Fiona kann sech
nu endlech en dat lecker wärme Anjora-Mini-Kleed

schmieße on dronger löpt et op de Robin-Hood-Stiwwe-
le, die op alle Fäll bes öwer de Knie jonn mösse.

Dä Manes-Renee kann jetz och kin fiese Halsping
kreeje, denn hä hät vörsechtshalwer et Kaschmirschälche
öm dr Hals jewiggelt jenauso locker lässech jeschlonge
wie ons Jogi Löw. Nu kann hä janz jlöcklech dat englesche
Steppjäckske en de Herwsfärwe Kakao-Kastanije öwer de
lässije Curry-Corddbux aantrecke.

Sommer fott? Mäkt nix, Herws hät och jet!   *(2010)*

Von de Isar noh de Düssel

Alle Johr widder donnt se bei de Bajuware henge wiet fott
aan de Isar op de Theresije-Wies e Fass op make. Wievill
Fässer do beem Ocktoberfest opjemaht wehde, deht mr
leewer nit jenau zälle.

Dat kann ons och piepejal sin, denn domet hammer
hee jo nix ze donn. Denkste! Dies Johr es en bajuwaresche
Well en Rechtong Norde am rolle on hät och bei ons hee
haltjemaht.

En de Bäckerei hann ech jrad läse mösse: Jo mei, wie
dös schmeckt! Kin Röggelches mieh, doför Brez'n! Min-
ne Metzker op de Eck well mech schonn en janze Woch
lang Hax'n on Wies'n-Würschtl aandriehe statt Sennef-
rostbrode odder Flönz. Ene Hoope von Kneipe locke met
Ocktoberfest-Jaudi. Öwerall kannste wiss-blau Dekoraz-
zijohnsjedöns koofe, öm för zo Huus op ene bajuwaresche
Owend enzolade. On wat treckt mr dann aan? Ohne
Trachteklamotte löpt nix! Em Kaufhoff Jalleria kannste
jlatt jlöwe, mer wören op de Alm! Trek onge hänge Hoo-
pe von Dirndl met Kawenzmannsdekolletees för Frollüt

met vill „Holz vor dr Hütt'n" on Knie-Hippeläderbuxe för „a gestands" Mannsbeld met Schampusfläschewade.

Schad, dat ech us minnem Altarjeschenk kinne bajuwaresch-fesche Seppl make kann! „Jank mech fott! Doför kannste dech ene angere Depp söhke!", hät minne Charly-Drickes trek för mech jesaht.   *(2010)*

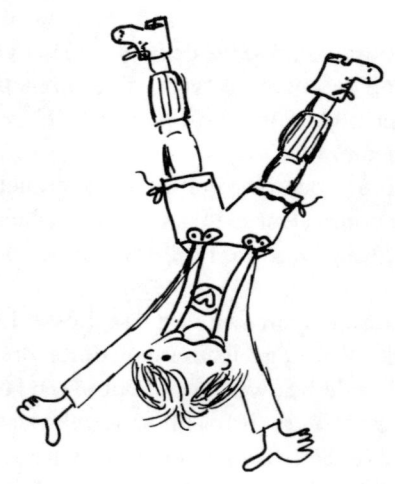

OCKTOBER

Annongse könne nit löje

Mer soll jo nit all dat jlöwe, wat en so'n Ziedong steht. Nit för ömmesöns säht mr doch: Papeer es jedoldech. Ech meen äwer hee nit de eeschde Sidde von de Ziedong met däm Pollitickjedöns, wo sowieso jelore wähd, dat sech de Balke beeje. Ech donn emmer so jähn en Ziedonge, die sech ene besönders seriöse Deu aandonnt, wie de FAZ odder De Ziet, de Kontackt-Annongse läse, wo e Liebche zom Hierode jesöhkt wähd.

Nit, dat ech mech och e Mannsbeld am söhke wör! Nä, ech hann doch mi Jlöck schonn jefonge! Mi Altarjeschenk, minne Charly-Drickes, well ech nit ömtuusche. Äwer ech ben bloß neujeerech, wat för Prachtexemplare emmer noch solo dörch de Welt am höppe send.

Mr es direktemang Bauklötz am staune, wievill staatse Kähls met vill aan de Fööß noch zo hann send on frei erömloope. För zom Beispell – jrad hann ech widder e Schmockstöck jefonge – e Mannsbeld wie ussem Belderbook, met Villa, Fabrick on Luxusböötche aan de Fööß, ene dolle Jollefspeeler on rösije Schifahrer, kin Pläät, kinne Buck, jrad eso öm de Fuffzesch, es doll op Mozart on Disco, jöckt jähn öm dr janze Jlobus eröm, met Hummele em Hemp, kinne Filou, ene leckere Schmusebär söhkt e Fräuke öm de zwanzesch, däm hä de Stähne vom Hemmel eronger hohle on op de Häng drare well, zom Verzälle, Schmökere on Kuschele am lecker wärme Kaminfüer.

Wat sähste nu? Mr mösst äwe noch emol zwanzesch sin! Odder meenste, aan so'nem leckere Wonderknubbel wör jet fuul? *(2009)*

Kriesche em Kinno

Eejenslech ben ech jo von Huus us – wie mr hee eso säht – en rheinesche Frohnatur. Wenn anger Lütt öwer nix on widder nix et ärme Dier kreeje, ben on bliew ech emmer noch joot drop on kann noch Witzkes make, on wenn et sin moss och öwer mech selwer.

Äwer wenn ech em Kinno mech ene Fillm aankick, jöwt et emmer widder Sittewazzijohne, wo ech direktemang janz flöck am Wasser jebaut hann. Send för zom Beispell en so'nem Fillm de Hochzietsjlocke am lüüde, moss ech trek mem Kriesche aanfange, och wenn dä Bräutejamm en fiese Pief es, däm mr mech jlatt schenke künnt.

Hannt sech zwei jesöhkt on jefonge, wähde dann äwer widder usenangerjeresse, löpt mech als et Wasser us de Öjelches, bevör de bedröppelde Musick mem Speele aanfängt. On och söns jöwt et ene Hoope von Momängs en so'nem Hezz-Schmezz-Melodram, wo eenem de Röhrong öwerkütt, wemmer nit jrad e Hezz us Steen hät.

Ech kenn mech jo enzwesche joot, dröm hann ech natörlech emmer ene Pöngel Papeertäschedööker dobei on en wasserfeste Wemperntusch op de Öjelches. Denn wie süht dat denn us, wemmer met so'n verbratschde Visasch ussem Kinno kütt! Nä, do wöhd ech mech doch wäje min Jeföhlsdusselei fies jeneere!

Schad es bloß, dat keener mieh met mech ennet Kinno jonn well! Dobei deht et doch eso joot met angere em Vereen zo kriesche als wie fies alleen! *(2006)*

Körbessköpp öwerall

Sommerziet vörbei on adschüss, Herws em Aanzoch, Körbessköpp vör de Dör on em Kochpott. Alle Johr widder wenn et em Ocktober drusse fröh düster on onjemötlech am wähde es, dann hannt och widder de Körbessköpp Hochsäsong.

Ech hann nu so'ne Kawenzmannskopp von Muskatkörbess lecker orangsch von owe bes onge als dolle Herws-Dekorazzijohn vör de Dör op de Trepp – fröher Dörpel – stonn.

Nu weeß och de letzde Schlofmötz, wat de Uhr jeschlare hät. Fröh wähd et düster, on hee on do bei so'nem Sensibelche deht en bedröppelte Herws-Depressijohn usbreche. Vörsecht, künnt fies aansteckend sin! Wat kammer bloß dojäje donn? Jemötlech-romantesche Kähze-Illuminazzijohn drenne en de Bud – och en so'nem usjehöhlde Körbesskopp drusse mäkt sech e Kähzke prima – on en leckre Körbessschuumzupp op'm Teller.

Häste-nit-jesenn häste däm Körbess jeschällt, jeschnibbelt, dörchpasseert, met kallorijeärme Sahn opjekocht, e Löffelke Körbesskähnöl dröwer jedröppelt on fähdech! Hm, dat zerjeht dech direktemang op de Zong wie nix!

Natörlech noch e lecker Jläske dobei verkasematuckelt, dann kickste op dat jemötleche Kähzelecht drenne on drusse op de Kähz en däm Körbesskopp, on din Depressijohn es wie fott jeblose! Sühste, hann ech et dech nit jesaht? *(2008)*

Jlöck em Huus

Von nix kütt nix!

Nä, dat es nix us däm sojenannde rheinesche Jrondjesetz! Et es sozesare ene janz dolle Jeheimtipp för Lütt, die wo verhierodt send on et – wenn et jeht – och bliewe wolle.

Et jöwt jo öwerall ene Hoope von Schlauköpp, die wessenschaffleche Studije make, öm för jet Neues eruszofenge. Diesmol hät sech dröwe en Britannije de „London School of Economics" dä Brassel aanjedonn, öwer drei Mille on fönnefhondert verhierodte Lütt sech fies jenau emol met de Kähz zo bekicke. Wat es dobei erusjekomme?

Nu pass ens joot op! Wenn so'ne Jötterjatte jede Daach zo Huus met en de Häng jespeut hät, wat dat Koche, Potze, Wäsche, Enkoofe on Op-de-Pänz-oppasse aanjeng, wor de Scheidongsquot so joot wie null. Do kannste emol kicke!

So kann also dä Mann dat Eheläwe rechtech rongkeröm jeneeße, wenn hä met Schmackes em Huushalt metwulacke deht. Em Duett wat donn, ejal wat, mäkt jlöcklech! Lösst dä Mann äwer si ärm Fräuke alleen met Huus, Jahde, Pänz on Hongk erömbrassele, moss hä sech nit wondere, wenn dann en Scheidong dat Äng vom Leed es.

Wat säht ons dat? Wat kömmer drus liere? Wellste di Altarjeschenk loss wähde, loss ehm fuul op de Kautsch hocke. Wellste däm op ewech behalde, dann donn ehm trek jede Daach Kochlöffel on Potzlappe en de Hangk deue! So kann hä eesch janit op schleihte Jedanke komme.

Also wenn dat kinne heeße Tipp es, dann weeß ech et nit! Ech ben jrad de Kasseroll, Mopp on Potzemmer för mi Hezzblättche am parat stelle. Woröm soll dä sech scheide losse? Dä hät doch e Läwe wie dä leewe Jott bei de Franzmänner! *(2010)*

Kähls beem Klamottekoof

Et jöwt Mannsbelder, die donnt alles jähn, bloß nit för sech selwer Klamotte enkoofe. Dat ärm Fräuke hät dann fiese Brassel, so'ne Modemuffel zo motiveere on ussem Huus zo locke.

Eesch moss mr däm Kähl wochelang usenangerposementeere, datte en sinnem alde Aanzoch Modell „anno pief" sech nerjenswo mieh kicke losse kann, villeech jrad noch ens als Lachnommer. Hät dä Jong dat endlech enjesenn, moss mr ehm henge eröm mem Höhnerkläuke en de Stadt kreeje: „Lommer doch emol widder op de Rhingpromenad flaneere jonn on am Uerije vörbei, Liebelein!"

Ejal wat dat och för ene Lade es, emmer moss mr de Klamotte för Kähls op de dredde Etasch söhke. Woröm kammer denn de Sakkos on Buxe nit trek em Parterre verkloppe? Hät mr dat Joldstöck de Rolltrepp bes noh owe jedeut, well hä natörlech eesch emol nit en dat Ömtreckkabüffke erin. Denn hä süht trek met Kennerblick, wat ehm wie aanjejosse passt odder nit. Hätte sech dann doch en däm spacke Kabüffke met Kühme on Knöttere en dat neue Stöck jeschmesse, kütt hä eesch janit noh drusse, öm för sech vör dä jroße Speejel mustere zo losse. Mannslütt könne sensibel sin on donnt sech jeneere, wenn se von alle Sidde aanjekickt wähde. Nu röpt hä von drenne: „Hann ech doch jewosst! Passt!"

Rubbeldikatz fähdech! Wenn ech dat doch bloß och ens könnt!

En däm flöcke Fall künnt mr sech jlatt en Schief von de Mannslütt afschniede odder? Minne Klamottekoof deht emmer stondelang duure.　　　　　　　　　　*(2007)*

Lommer danze

Wat hammer bloß fröher jedonn, als wie mer noch kin „Aptheke-Ömschau" hannt läse könne? Ärm draan semmer jewäse. Och wenn hütt de Lütt sech dröwer ameseere on dat Blättche „Bravo för Senjiore" nenne, dommer ons doch jähn domet schlau make.

Vör Koozem kunnt mr dodren läse, dat bei de Ammis op de Unnität von Missouri in Columbia wessenschaffleche Schlauköpp met alde Lütt (sorry, met Senijore!) en Studije op de Been jestellt hannt.

A propos Been! Jenau domet hät dat Janze zo donn. Acht Woche lang hannt de Senjiore jede Daach et Danzbeen schwenge mösse, on dat nit bloß met Schmackes on Kawuppdesch, sojah owe drop noch met vill Spass aan dr Freud! Äwer dodröm esset natörlech nit alleen jejange. Met de janze Höpperei sollden et dat Kimberley on dä Bill traineere, secher op de Fööß zo loope on de Balangs zo halde, wat jo – wie mer all am merke send – em Alder nimmieh eso joot fluppt.

On wat es dobei erusjekomme? Jenau, am Äng kunnten se all widder erömloope wie e Döppke, keener hät mieh jeschwankt odder wor am waggele, on fies henjefalle es och keener.

Kick ens aan! Wat sähste nu? Also ech sach dech jetz emol, öm för dat eruszofenge, bruch ech kin Ammis, kin Unnität von Missouri on janix.

Dat moss mr doch keenem Düsseldorwer verzälle, dat Danze on Höppe joot deht on nit bloß de Knöckskes, och all dat, wat drömeröm es, lecker jong hält! Dat praktezeere mer doch hee e Läwe lang! Wie, dat häste noch nit jedonn? Dann esset äwer höchsde Ziet! Mak vöraan, komm en de Jäng!

Et moss jo kinne Rock'n Roll met däm Öwer-de-Scholder-Schmieße sin, wemmer kin zwanzesch mieh es. Äwer so'ne jemötleche Klammer-Blues jeht emmer noch, och met sibbzesch!   *(2008)*

Fies fuul odder lecker fitt

Am Wocheäng kunnt mr hee en de Ziedong läse, wat ons Prommis sech för ene Brassel aandonnt, öm för dönn wie e Rebbejestell on fitt wie e Tornschöhke zo bliewe.

Do beste fuul on jemötlech zo Huus op'm Kanapee de Ziedong am läse, on dann sojet! Op emol häste Humme-le em Hemp on Kribbel en de Knöckskes. Nu äwer nix wie eraan aan dinne ennere Ferkeshongk! Wat angere könne, könne mer doch als lang!

Dröm es af hütt flöck e beske Fröhjumminastick aan-jesaht. Sibbe Daach en de Woch heeß et jetz: Adschüss morjens lecker on lang fröhstöcke! Doför e Tässke jröne Tee on dann nix wie stretche, strampele, recke, höppe on schwetze bes zom Ömfalle!

Pass op, et jeht loss! Ech donn de Ärm schwenke met Schmackes on waggel höhsch met de Been. Zack, schonn hann ech mech als de Scholder verrenkt. Dä Schmackes moss zovill jewäse sin! Zäng zosamme bieße on wiedermake! Ech läch mech op dr Rögge on donn met de Been en de Loft Rad fahre, höpp flöck widder op on mak ene Spajat met Kawupp, stonn op, höpp wie ene Hampelmann Häng on Been usenenanger on widder zosamme, loss mech wid-der mem Rögge op de Matt falle on mak met de Been en Kähz janz jrad! On die Ambrasch sibbemol hengerenan-ger!

Jetz noch fönnefmol en de Knie jonn on de Häng noh vöre strecke, bes et henge aanfängt fies zo trecke. Minne Rögge es als klätschnass, doför es äwer min Schnüss drüch wie Brod.

Leck mech en de Täsch, nu hann ech äwer e Päuske verdeent! Jetz jönn ech mech dat Besde: Wat deht dä Piccolo joot! On henge drop noch e Mini-Schampustrüffelke! Denn mr jönnt sech doch söns nix!

So, dat wör et för hütt! (2009)

Schrubbe nit Schöddele

De Medije wähde nit möd, däm Düwel von Ferkesjripp aan de Wangk zo mole on hannt joode Tipps op Larer, wie zom Beispell: von morjens bes owends nix wie Häng wäsche, nix aanpacke, kin Häng mieh schöddele, och nit wemmer ene Prommi zo bejröße hann sollt.

Deht mr sech jetz leewer öm dr Hals falle – als wör mr för fönnef Johr als Jeisel em Libanonn jewäse – on sech lenks on reihts lecker afbütze, wie dat all de Schickimickis eso jähn donnt? Dobei kann doch sojah noch vill flöcker so'ne Virus von eenem nohm angere höppe.

Nä, net met mech! Jank mech fott met so'n Bützerei! Do es mech doch ene eschte Hangkschlach leewer, dä jo och en lange Tradizzijohn hät. Häste fröher onger eschte Kähls e prima Jeschäfft jemaht, för zom Beispell e staats Pähd jekooft, häste flöck per Hangkschlach ene Kreditt jekritt odder öwerhaups dä janze Handel nohm joode Äng jebraht. Doch so Ziede send als lang vörbei.

Hangkschlach kannste verjesse, Häng schöddele och. Ech donn mech jetz alle fönnef Menudde de Häng met

Sagrotan afschrubbe on steck se en de Täsch, wo se och bliewe.

Wemmer ons drusse treffe sollden, kammer von mech weder Hangk noch Bützke kreeje. Ech sach bloß: Hallöche, Tach zosamme! Met de Häng en de Täsch höppt jede Virus aan mech vörbei. *(2009)*

Op dr Hongk jekomme

Ene Hongk es däm Mensch sinne besde Fröönd. Dröm soll so e Dier och nit läwe wie ene Hongk. För so ene Fifi soll eenem äwer och nix zo düer sin.

Wemmer bedenkt, dat dech ki Mensch us de janze Famillich vör Freud am entjäje höppe es, wenn hä dech süht on rüscht, dann sollste nit fies kniepech sin on däm Dier och e beske Lecht on Luxus jönne.

Nu jöwt et Knatsch em Rothuus öwer de Froch: Sommer eenonzwanzesch Mille Euro doför berappe, domet mr för de Höng op de Rhingwies op de Cecilienallee, wo de Veerbeener ohne Ling frei erömloope könne, en staatse Latähnejallerie opstelle kann, domet dat ärme Dier sinne Hoope nimmieh em Düstere falle losse moss? Em Rothuus wolle de Politickers doch och nit op et WC jonn, dat kin Lamp hät odder?

Wie sommer denn drusse däm Höngke si Jeschäfft propper en de Tüt packe, wemmer nix kicke kann? So'n Illuminazzijohn för Herrche on Hongk hät schonn jet!

Wie kammer bloß eso kniepech sin, doför nit de Moppe locker make zo wolle! Leewer Wechtijeres finanzeere? Dat kann doch bloß so'ne ärme Flappmann sare, dä nit so e treu Dier em Huus hät.

Wenn ech so'ne leckere „Föötche-an-de-Ähd-Daggel"
hädden, wöhd ech däm em Luxuslade för Höng en de Al-
destadt e Halsbändche koofe, dat von selws lüchte kann,
met Brillis drop för de Düsselorwer Elejanz, domet mi
Liebche mopsfidel och em Düstere joot kicke on vör al-
lem och von angere trek jesenn wähde kann!

Mr moss doch Prioritäte setze, on för ene treue
Hongk sollt mr doch jähn jet sprenge losse!   *(2009)*

Nit bloß de Blädder falle

Kickste jetz noh drusse, sühste de herrlech jähle on rode
Blädder von de Bööm falle. Do kammer schonn e beske
bedröppelt denke: Dat es nu dat Äng vom Leed bzw. vom
letzde wärme Sonnesching.

Kickste noh drenne op di Bankkonto, sühste nix wie
Akzije on anger Penönzkespapeere, die och am falle send
eso flöck wie mr janit kicke kann!

Do wähd mr dann nit bloß bedröppelt, mr künnt di-
rektemang mem Kriesche aanfange. En de Medije, piep-
ejal of Ziedong, Radio odder TV süht on höht mr nix an-
geres mieh wie Kühme on Klare öwer de Moppe, die am
schmelze send wie Schneeflöckskes em Sonnesching.

Nu hannt sech johrelang Bank- on Börseschlauköpp
de Bäll zojeschmesse, dä Hals on de Täsche kunnden se nit
voll jenoch kreeje, on een Raffzang noh de angere hät ene
Pöngel Renditte enjesackt. Domet esset nu am Äng! Nu
mösse se all kleene Brötches backe, on met de leckere Je-
wenne esset eesch emol vörbei.

Nä, wat ben ech froh, dat ech eesch janix op de hohe Kant jehatt hann! Wie min Omma selech hann ech mi paah Nüssele em Sparstromp janz secher onger de Matratz leeje. Do kann nix falle, do kannste nix verleere, kinne Kawenzmannsreibach op anger Lütts Koste make, doför äwer och rohech schlope. *(2008)*

Wat fott es, es fott

Dä schlaue Sproch kenne mer all. Et jöwt beinoh nix, wo dä nit drop passt. Dröm kannste däm och prima en jede Konversazzijohn aanbrenge, wenn et öm jet jeht, wat jrad nimmieh do es.

Ocktober hammer, dr Sommer es fott. Do jöwt et nix mieh draan zo röddele. Fott esse, on dr Herws es do! Herwsziet es de Ziet zom Afplöcke on Enpacke, hät min Omma selech emmer jesaht.

Wat se domet jemeent hät, dat kannste hütt nimmieh erläwe. Em Jahde hät de Omma Äppel, Prumme, Bunne on Jorke jeplöckt, ennet Kajöttche noh Huus jeschleppt, en Enweckjläser enjemaht odder en Fass odder Tonn erinjepackt. „Wat fott es, es fott", hät de Omma dann jesaht, „flöck enjemaht, on dann hammer em Wenter noch jet vom Sommer op de Zong".

Prumme em Enweckjlas? Bunne en de Tonn? So Raritätches dehste hütt nimieh fenge, fott send se. Nix wöhd mieh em Herws för dä Wenter parat jemaht. Woröm sollt mr sech och so'n Ambrasch aandonn? Mem Schock enjefrore on em Ies- on Köhlrejal vom Supermaat häste, wat Obst on Jemös aanjeht, et janze Johr öwer Sommer.

Dä jroße muusjraue Enweckpott von de Omma es als lang ussem Kabüffke fott, op'm Rejal es ki eenzech Enweckjlas mieh zo fenge. Äwer dä Jeschmack von ehrem lecker met en Zimmetstang enjemahte Prummekompott es nit fott, däm hann ech hütt noch op de Zong.

Hm, lecker! *(2009)*

Flöcker als wie de Ziet

Nu es dä Herws met Schmackes jekomme, dat mr schonn dat Jeföhl jehatt hät, dat mr medde em Wenter wöre. Fies usselech kalt, besönders morjens on owends! Hee on do hät mr sojah fröhmorjens am Auto schonn erömkratze mösse.

A propos Wenter! Mer hannt ehm noch nit, äwer en de Koofhüüser on besönders en de Backbuticke send se all flöcker am brassele als wie de Ziet loope kann. Do es öwerall schonn Weihnachte usjebroche, äwer wie!

Wä well, kann sech als däm eeschte Speckelazijus en de Schnüss deue odder ene Zimmetstähn op de Zong zerjonn losse. Janz Fröhflöcke könne sech ene Pöngel Weihnachtskurele för dä Tanneboom koofe, natörlech en de narelneue Färwe för de Tanneboomsäsong dies Johr. De Antiekwitätches von tradizzijonälle rode Kurele kammer doch jetz flöck en dr Möllemmer schmieße on sech et lillafärwene Weihnachtsdekorazzijohnsjedöns koofe, wat dies Johr em Trend litt. Wör doch jelacht, wemer hee nit däm Euro aan et Rolle kreeje wöhden! Wennechsdens em Weihnachtsjeschäfft wolle mer doch de fiese Finanzkris verjesse on donnt dat beske, wat mr noch hannt, ussem Finster schmieße.

Onger ons jesaht es mech dat Jedöns vill zo flöck. Bei mech jöwt et Plätzkes eesch em Dezämber on aan minne Boom kütt dä Weihnachtsschmock von min Omma selech, on janz ejal och, wat för en usjefallene Weihnachtsdekorazzijohn aanjesaht es. Wat dies Johr dä letzde Schrei es, dat jeht aan minem Öhrke vörbei. *(2009)*

Sommerziet – fott domet

Wat hät sech dä alde Römer enfalle losse? „Tempus fugit": De Ziet löpt wie nix! Dat kannste laut sare! Je älder mr selwer am wähde es, ömso flöcker jöckt de Ziet vörbei. Häste-nit-jesenn es so'ne Sommer eröm, on de usselije Johresziet steht vör de Dör.

Öwermorje kannste dech eesch emol widder de meddeleuropäesche Sommerziet aan et Höötche stecke. Fott domet! Alle Johr widder beste am hen on her simoleere: Moss ech jetz de Uhr vör- odder retuhrstelle? Kannste dech noch ens jemötlech onger'm Plümmoh erömdriehe odder mosste een Stond fröher als wie söns ussem Haiabett erus en de Schluppe sprenge?

Profülacktesch donn ech dat hütt schonn emol frore, domet se all bes en de Meddernacht am Sonndaach jenau wesse, wie dä Has löpt bzw. wann dä opzostonn hät. Nit dat mech am Monndaachmorje eener de janze Zietömstellong verschlope hät on een Stond ze fröh ussem Bett höppt on fröhflöck met de Brasselei aanfängt, wojäje janz Düsseldorf sech noch fuul on jemötlech Ständche länger onger de Deck am erömräkele es!

Wenterziet – de Nacht lang on dä Daach kooz. „Carpe diem!", hät dä schlaue alde Römer jesaht on sech am

Daach nix entjonn losse! Dat dommer doch och jähn! Kütt mr mem Daach nit us, nömmt mr äwe de Nacht noch dobei! *(2010)*

Klassicker en de Kösch

Wenn dat noch min Omma selech hädden erläwe könne! Nu send doch hütt all de Kochlöffelschwenger met enem Pöngel von Stähne aan de Mötz op en Nostaljiewell am schwemme.

Jrad hann ech so'n schlaue Jourmee- on Jourmangziedong läse könne, wat jetz en Kasseroll, Pott on Pann dä letzde Schrei es. Öwerall en de Spetzejastronomie kütt mr widder op lecker Rustikal-Deftech zoröck.

Dr Wengk en de Kösch hät sech jedrieht, on mr kann widder Spezijallitäte op de Kimmelkahte fenge, die wo ons Pommes-Pizza-Pasta-Jenerazzijohn janit kennt. Nohdäm mer all de Nas bzw. de Mull voll hannt vom edele Hummerschuumzüppke, Känjuru-Kotlettche em Zellerie-Pürreebett odder Rhinozoross-Rajuh aan Couscous, kömmer ons jetz widder freue öwer Ferkeskoppsöllz met knusprije Brodähpel, en aanständije Roulad wie von de Mamm jemaht, met Jork, Speck on Zwibbele dren, odder rheinesche Suurbrode met Klöß on Rosingezauß. Hm, dat send Telikatesskes! E Jedecht op de Zong!

Wie säht ons beröhmde Köschekönstler, dä Bourgueils Schäng-Pitter us sinnem Jourmee-Tempel, däm „Schiffche" en Kieschwäth? Mer Jermane bruchen ons nit henger de Kösch von denne Franzmänner zo verstecke. Wechtech es, wat henge eruskütt, hät dä alde Kohl emol schlau von sech jejäwe. Och wenn hä domet nit dat Koche jemeent hät, deht däm sinne Ussproch hee prima passe. Es dat, wat en de Pott erinkütt, vom Feinste, dann kann för zom Beispell och „Hemmel on Ähd"– also dat wat henge eruskütt – ene hemmlesche kulinaresche Jenoss sin!

Wenn de Ähdähpele för et Pürree vom Buurehoff us Kappeshamm send, de Äppele för et Appelmos ussem Appelparadiss en Angermond stamme, on för de Flönz e Bio-Ferke ussem Mönsterland hät ennet Jras bieße mösse, dann häste „Hemmel on Ähd" op'm Teller, för dat du dech selwer ene Stähn aan de Mötz stecke kanns! *(2010)*

Hällowien hammer hütt

Kick op dinne Kaländer, dann weeßte, wat mer hütt hannt. Hällowien! Dat janze Jruseljedöns, dat liere jetz als de Pänz en de Scholl, kütt eejenslech us Irland on dann es de janze Hällowienwell öwer de USA, bes hee noh ons eröwerjeschwappt.

Mer donnt jo jähn denne Ammis jeht nohmake, on dröm deht jetz hee am Rhing Jroß on Kleen sech ene jeck-jruselije Hällowien-Deu aan.

Mer könne jo fröh sin, dat ons Blare nit wie de Ammi-Kids op de Matt stonnt, rotzfresch klengele on jet Sößes hann wolle. Wenn se dat nit kreeje, hannt se flöck janz fiese Fisematentches för dech parat, wat natörlech nit jedem kniepije Nörjelspitter jefällt.

Nä, hee donnt sech ons Kenger bloß en schwatte odder wisse Kostömches schmieße, höppe als em Kengerjahde schonn als jruselije Jeister eröm on schnibbele Fratze en Körbessköpp. So'ne bekloppde Bazillus kann och fies aanstecke.

Selws wemmer ki Dötzkes mieh es, kammer op emol
och so e jeck Kribbele en de Knöckskes kreeje.

Hällowien make enzwesche och Alde. Sojet, wat wie
Karneval es, kann sech doch kinne Düsseldorwer entjonn
losse. Dä fies-fade on bedöpppelde Nowämber kütt doch
noch fröh jenoch, nemmech schonn morje!

Häste dech schonn för dat Jrusel-Ivänt hütt Owend
beem Schluppemanns Schäng parat jemaht? De Lokä-
schen es däm sinne alde Partykeller. Wat, noch nit? Dann
wähd et äwer höchsde Ziet! Mi Hezzblättche treckt sech ene
schwatte Düwelskiddel met enem Hoope von Dodeköpp
drop aan on deht sech zwei Vampirzäng en de Schnüss. Ech
well mech en so e Hexehemp met schwatte Spennekrab-
belsbeen drop schmieße on häng mech en Kett us Sklette-
knöckskes öm. On dann losse mer bes et hell wähd de rö-
sech-jruselije Post afjonn, dojäje es en Karnevalsparty ja-
nix, ehrlech!   (2008)

NOWÄMBER

Hoste on Schnoppe

Nu hammer se am Hals, de Ziet för Halsping, Hoste on Schnoppe. Dat es och ki Wonder, denn dat Wähder hee em Herws es jet angeres als wie Sommer op Mallorca.

Ene Hoope Schlauköpp hannt braw dat Jlanzblättche us de Apthek abonneert. Se hannt stodeert, wat mr jetz donn moss on sech trek jäje fiese Jripp on anger Maläste impfe losse. Denne mäkt et nu janix us em schönnsde Räje, en Storm on Wengk drusse erömzoloope. Se kreeje kin nasse Fööß, kinne kalde Kopp on de Bazille en Bahn, Bus odder wo och söns emmer donnt jlatt aan denne all vörbei höppe.

Beste nit immun jäje all sojet, dann häste op emol rubbeldikatz et Kribbele en de Nas, et Kratze em Hals on morjens fröh ene Jrömmel en de Tröt. Dann kannste dropjonn, dat am angere Daach din Stemm janz fott es, on fiese Koppping aanfange.

Dat es dann de Hochsäsong för Droppe, Pille on vör allem Huusmeddelches von de Omma selech, denn mer well sech jo nit met dä janze Chemiezüch us de Apthek kapott make.

Wenn ech sojet en de Knöckskes am kreeje ben, donn ech mech so'n Höhnerbulljong löffele, kipp ech mech hengedrop en Fläsch Alt heeßjemaht – schmeckt widderlech, äver deht helpe – , ene Kaschmirsock öm dr Hals on nix wie onger de Bettdeck!

Donn et emol usprobeere! Am angere Morje stehste op wie neujebore, wie Phönix us de Äsch! Ehrlech! *(2009)*

Bedröppelt

Lütt, die met de Anglizismen – dat send englesche Us-dröck, die sech en ons Sproch brietmake – öm sech eröm schmieße, kreeje jetz ehre „Nowämber-Blues". Wat, kennste nit? Dann pass op, ech donn dech dat jetz emol kooz usenangerklamüsere.

Miesdens süht dä Nowämber hee bei ons eso us, dat-te rongkeröm düster, jries, usselech on nass es. Schwatte Wolke hänge bes op de Ähd, et es am niesele odder wie us Emmer am schödde, on offt bliewt et von morjens bes owends düster. Sonnesching? Jöwt et nit! Ki Wonder, dat mr als Sensibelche pö-a-pö bedröppelt am wähde es on eenem dä janze Nowämber fies op et Jemöht jeht!

De Stemmong es rongkeröm em Emmer, mr künnt di-rektemang mem Kriesche aanfange. Schonn morjens fröh, wemmer en dat Räjewähder eruskickt, künnt mr et ärme Dier kreeje. Hät dech sojet am Schlawittche, dann häste dä beröhmde „Nowämber-Blues".

Doch wat mer Düsseldorwer send, mer hannt doch von Huus us e sonnech Jemöht, hannt Sonnesching em Hezz, och wenn et am räjene es. Jank mech fott mem be-dröppelde „Blues"!

Lang duurt et doch nimmieh, on mer könne mem Hoppeditz zosamme op de jecke Trumm haue. E beske Schonkele, Süffele on Senge deht joot, on dat janze No-wämber-Depressijohnsjedöns es wie fottjeblose. Ech sach et doch, dr Kopp hänge losse, litt ons nit! *(2008)*

Rabimmel on helau

Nä, wat es dat doch herrlech, dat mr dat Jlöck hät, hee am Rhing zo Huus zo sin! Do kütt mr ussem Fiere ja nimmieh erus. Rubbeldikatz es mr von eenem Ivänt nohm angere am höppe. Erjenswat es emmer!

Do hammer dies Woch doch jrad noch jeschmeddert: Mer trecke dörch Stroße on Jasse on hannt en Latähn en de Häng, rabimmel, rabammel, rabumm.

Direktemang am Daach drop kunnt mr senge: Jo, wenn dat Trömmelche jeht, do stommer all parat. Hoppeditz helau!

De letzde Mähtesjans on de Fläsch Bordoh wor eenem noch lecker em Mare am leeje, do mosst mr schonn am nächsde Daach sech dat Flönzröggelche mem Altbier verdröcke. Dat es jo jrad noch ens joot jejange. Dat kunnt minne Mare jrad noch verknuse. Met de Stemm hät et nit eso prima jefluppt. Von de Mähtesleedersengerei noch fies strapazeert, es min Möschdijallenstemm jester Owend janz fott jewäse. Hädden ech doch bloß nit all de Fastelowendshitts metjesonge, als wie dä Hoppeditz widder en de Bütt jehöppt es! Äwer wenn dä jecke Bazillus eesch emol am öwersprenge es, kann mr sech jo nimmieh zoröckhalde.

Leck mech en de Täsch, nu ben ech doch de beröhmde fönnefde Johresziet am aanfange mem Hostesafft on de Halspastille! Dat kütt dovon! Von nix kütt nix, on et hät äwe diesmol nit joot jejange!

(2010)

Zint Mähtes

Dä Mähteszoch deht widder trecke,
et komme jeloope us alle Ecke
Kenger, Pute, Pänze, Blare
on all donnt se de Lämpkes drare.

Mol jekooft, mol selws jemaht,
jede Latähn, ene wahre Staat!
Wie Möschdijalle donnt de Pänz senge,
wolle däm Mähtes Ständches brenge.

Em Kalde deht dä Bäddeler hocke,
ki Hemp am Liew on och kin Socke!
Wat hät sech dä ärme Höhsch jefreut,
wie dä Mähtes däm sinne Ömhang jedeut!

Es dä Fackelzoch dann us,
jonnt de Pänz noch nit noh Huus.
Leewe Lütt, dat mösst ehr verstonn,
se mösse jetz all noch jripsche jonn.

Bühdele on Täsche hannt se dobei,
nu jeht se loss de Jripscherei!
Dä eene hät ene Weckmann parat,
dä angere jöwt en Schockelad.

Hee 'ne suure Appel, do söße Klömpkes,
jähn jöwt jeder jet för ons Stömpkes.
Dä Jripschebühdel, wat soll ech üch sare,
es flöck rabbelvoll on koom zo drare.

Aanjekomme zo Huus bei de Mamm,
schläht die als de Püfferkes en de Pann.
Pappsatt jeht so'ne Pänz ennet Bett erin
on denkt sech:
Künnt doch Zint Mähtes öffter sin!   *(2009)*

Bütze deht joot

Schwazz op wiss hann ech et letzde Woch jeläse en so'n
Ziedong, die eenem räjelmäßech för ömmesöns en dr
Breefkaste jeschmesse wähd.
    En däm Blättche hät also jestange: Wä vill bütze deht,
dä kritt kin Karies aan sin Zäng, däm könne och angere
Bakterije jeklaut bliewe, on dä hät och wennijer Falde em
Jesecht.
    All dat solle wessenschaffleche Schlauköpp erusjefon-
ge hann. Dat kammer nu jlöwe odder nit, äwer et höht
sech op alle Fäll joot aan.
    Owe drop mäkt so e Bützke och jlöcklech, es sozesa-
re wie ene Hormonschnäpske för dr janze Liew. Dr Puls
fängt direktemang aan hondertfuffzeschmol en seck-

zesch Sekonde zo schlare on dä Blootdrock deht flöck häste-nit-jesenn op hondertachtzesch kleddere. Kick ens aan!

On dat es noch lang nit jenoch! Wenn sech eener, dä rongkeröm on dörch on dörch lecker verknallt es, zehn Menudde mem Bütze draanhalde kann, deht dä sojah mieh Kallorije verbruche wie ene flöcke Jogger op hondert Meter. Koom zo jlöwe, denn mr lösst bei de janze Bützerei doch bloß sin Jesechtsmuskele brassele!

Wenn sech de schlaue Wessenschafft nit fies verdonn hät, on dat all stemme deht, dann donn ech mech jetz äver frore, woröm ech noch wie jeck em Hoffjahde am eröm am jogge ben! Nä, dat loss ech jetz äver emol flöck sin! Leewer fang ech doför aan, mi Hezzblättche lecker afzobütze, dat däm et Höhre on et Kicke verjeht! *(2010)*

Dat jeht op de Nerwe

Au weia, min Nerwe! Wie es mr dat am kühme! On dat nit bloß eemol en de Woch. Et jöwt Sittewazzijohne em Läwe, do könne dech de Nerwe flöck flöte jonn. Wann on wo? Pass ens op!

Wie offt deht et dech passeere, datte för zom Beispell op de Autobahn fies met dinnem Ware em Stau am stonn bes. Dann beste am oppasse wie ene Lucks, en wat för en Spur et noch am rolle es on nit stonn deht. Also nix wie alle fönnef Menudde sech von een Spur en de angere jedeut. Angere Nerweböndel hannt natörlech och dä jeniale Enfall, donnt jenau, dat, wat du dehs, on offt esset dadörch häste-nit-jesenn am knalle, on de Blechkest hät en fiese Blötsch! Dä!

Dobei wör sojet janit nödech jewäse, wemmer bloß de Nerwe behalde hädden. Do kammer bloß bäde: Leewer Jott, loss Jedold eraffalle! Watte och dehs, du kanns dropjonn, datte emmer do bes, wo nix mieh rollt.

Nu beste jo Jott sei Dank nit emmer met dinnem Ware op'm Kölsche Reng am erömdriewe. Wat wellste eejenslech do als Düsseldorwer? Äwer beinoh jede Daach beste met dinnem Wäjelche, däm Enkoofswäjelche, vör so'n dusselije Kass em Supermaat em Stau am stonn. En wat för en Schlang deht mr sech jetz schlau aanstelle? Du kanns dropjonn, dat et en din Schlang länger duurt als wie trek näweraan! Dobei häste doch schonn schlau en de Wäjelches vöre erinjekickt. Send se leer odder rabbelvoll? Wie mr et och mäkt, et es falsch! Häste för sojet Nerwe? Ech nit!

Af morje kann mi Altarjeschenk, dä Charly-Drickes, emol widder enkoofe jonn. Dä kritt et nemmech bloß op de Autobahn aan de Nerwe! *(2009)*

Dijital mäkt dusselech

Nä, wat hät mr fröher nit alles em Kopp behalde mösse! Mr wor emmer op Zack, wor am denke, öwerläje, reschne, on so kunnt do owe och so flöck nix enroste.

Hütt, wo mr jo met de moderne Ziet jonn moss, hät dr eejene Kopp bald nix mieh zo brassele. Mr hät öm sech eröm nix wie dijital Züch – Händis, Bläckberris, Notebucks on Navis – on all dat deht sech för dech Nömmerkes, Termine on Adresse noteere.

Wellste för zom Beispell dinne Frönd Schäng-Manes aanrofe, deht dech trek dat Telefönche dat projrammeerde Nömmerke verzälle, ohne datte selwer öwerläje moss. Däm Tatjana-Treske sin Adress hät mr schonn lang nimmieh em Kopp. Woröm och? Breefkes deht mr nit mieh schriewe, bloß noch E-Mails verschecke, on doför hät mr alles schlau em PC parat.

Dehste mem Ware dörch de Stadt jöcke, bruchste dech och nit zo merke, wo et langs jonn soll. Woför och? Dinne Navi deht dech rubbeldikatz möngkesmoß vörsare, wat zo donn es. Ohne däm Dengen häste bald em eejene Huus de Orienteerong verlore. Wo litt de Kösch? Wo jeht et nohm Schlofzemmer?

Wie heeß dat eso schön? Wä rastet, dä rostet. Pass mech bloß op, datte dinne Kopp nit enroste deht on du alleen nimmieh weeß, wo henge odder vöre es!   *(2011)*

Däm Dativ

Et jöwt als lang e schlau Book, dat heeß: „Dä Dativ es däm Jennitiv sinne Dod", also d. h. dä Dativ mäkt däm Jennetiv kapott. Beikirchers Konni hät schonn vör Johre ons verzällt, dat dä rheinesche Jennitiv so joot wie ja nimmieh do es.

Nix mem vörnähme Jennetiv, dä vill Lütt hee janit kenne, bloß noch däm Dativ, wohen mr och kickt odder höht!

Wenn mr för zom Beispell Platt schwahde deht, hät mr jo vill op de Zong, äwer däm Jennitiv nit. Däm jöwt et sozesare janit odder häste schonn emol vörnähm jesaht: Dat Äng des Fillms wor zom Kriesche? Em Läwe nit! Nä, et moss heeße: Däm Fillm si Äng wor zom Kriesche, on fähdech!

Wat hät för zom Beispell ons Mamm letzde Woch von sech jejäwe: Däm Pitter sinne Hongk däm sinne Stähz es vill zo kooz! All hammer verstange, wat se domet jemeent hät, on doför hammer kinne Jennitiv jebrucht.

Öwerhaups kann mr prima op Platt däm Narel op'm Kopp treffe, ohne dat mr och bloß eemol ene vörnähme Jennitiv en de Mull jenomme hädden. Schonn fröher en de Scholl es dat ene Fall jewäse, op däm bloß de Lährer janz doll woren, on vör allem och de alde Römers! Doch die send doch als lang usjestorwe on wä weeß woröm!

Litt nu hee och dä ärme Jennitiv em Sterwe, dann wolle mer doch däm Düsseldorwer sinne Dativ nit ennet Jras bieße on op ewech läwe losse odder nit?

Et jeht doch nix öwer dä herrleche Satz: Däm Schmitze Billa sinne Hospes es däm si Vatter sinne Sarchnarel!

(2005)

Lährer send ärm draan

Jrad hät mr hee dä alde Schmöker widder op dr Böökermaat jeschmesse: „De Füerzangebowl". Dat dolle Antiekwitätche, natörlech von enem Düsseldorwer Jong, däm Spoerls Drickes, jeschreewe, es och hütt noch ene eschte Hitt.

Wat et en däm Book ze läse jöwt, dat kann sech ene Lährer on och ene Pänz von hütt ja nimmieh vörstelle.

Et kütt dech wie en enem Märche vör, dat ene Lährer offt sojet wie dr leewe Jott persönlech jewäse es on de Schöler manchmol för däm fies Angs wie en Ähz em Pott hadden. Nit för ömmesöns hät domols dä Direckter am Jumminasiom „Zeus" jeheeße. Ene Pauker wor en Autorität, on dodraan jow et nix zo röddele – fröher.

Enzwesche es ene Hoope Wasser dr Rhing erafjeflosse, on hütt kannste jenau dat Jäjedeel erläwe. De Pänz hat dat Sare, de Lährer hannt nix mieh zo jebenedeie, mösse sojah noch owe drop Angs hann öm ehr ärmselije Moppe, die se verdeene. Denkste aan däm Ackermanns Jupp si Jehalt, deht sech dojäje ene ärme Lährer jlatt för Appel on Ei afrackere.

Wenn jetz och noch de Schöler bestemme solle – natörlech henge eröm anonym – wat so'ne Lährer am Äng kreeje soll för sin Brasselei met de Blare, dann kann ech bloß noch kühme: Nä, wat es so'ne Lährer för ene ärme Höhsch! *(2008)*

Schnarche wor schön

Wenn et öm et Schnarche jeht, könne en de miesde Fäll ons Mannslütt dr Vorel afscheeße. Nu frocht mr sech, es sojet aanjebore odder wie kütt et?

Nu hannt e paah schlaue Wessenschafftler, die wo nix angeres zo donn hannt, als wie emol en de Historije eröm zo krose, wat Dolles erusjefonge.

Anno Dengens, wie mer all hee noch em Fellhemp erömjespronge send, so henge wiet fott en de Steenziet, do hät so'ne staatse Kähl nachts schnarche mösse, öm för welde Beester zo verdriewe on dodörch sozesare em Schlof op Frollütt on Pänz opzopasse, dat nix Fieses aan de janze Famillichbajasch draan kohm.

Dröm wore natörlech de Mädches janz doll op so'ne Radaubroder on hannt dojäje e lecker stickum Männeke jlatt stonn losse. Schnarche wor fröher schön.

Nä, wat send dat för herrleche Ziede jewäse! Hüttzedaach kann so'ne ärme Kähl dovon bloß drööme. Öwer dä nächtleche Radau, dä sozesare fröher emol sojet wie en Secherheetskett vör de Dör jewäse es, send nu de Frollütt am knöttere on kühme.

„Liebelein, ech donn dech bloß dä Berchpuma odder dä Jrizzly vom Liew halde!" Dat treckt hütt nimmieh. Kahpafdesch! Kritt dä ärme Höhsch en Nasespang op e Jesecht jedeut! Dä! Noch vill fieser esset, wenn hä op de Kautsch noh näweraan ömtrecke moss.

Nä, sojet hätte doch nit verdeent! Dann doch leewer e Päckske Ohro-Pax för et Fräuke!   *(2006)*

Tunnelbleck met Tradizzijohn

Vill Schlauköpp hannt Bööker öwer Mannslütt on Frollütt jeschreewe. Dobei brucht mr sojet janit eesch zo läse. Jede Daach, von morjens bes owends, kammer dat am eejene Liew erfahre, dat Mannslütt angers ticke als wie Frollütt on ömjekehrt. Et sei denn, mr deht em Kloster läwe, dann kammer natörlech nix merke.

En de Steenziet hät et schonn aanjefange. Mannslütt wore am sammele on jare, hannt jefährleche Beester afjeschosse on sech en de Weldniss drusse zorecht fenge mösse. Frollütt hannt op de Höhl opjepasst on dat en de Pann jeschmesse, wat dä stolze Jäjersmeester aanjeschleppt hatt.

So'ne staatse Kähl hät dröm hütt och kinne Bleck doför, dr Möll eruszodrare, de Kloroll zo wechsele odder de Kösch opzorüüme.

Nä, so e profan Jedöns deht ehm nit ennet Ooch sprenge.

Vom ärm Fräuke met sinnem kleene Akzionsradijus en Huus on Hoff kammer dröm och nit verlange, dat et sech op emol drusse – och met de Landkaht en de Häng – op de Autobahn orienteere odder afmesse kann, wie briet de Dör von de Jarasch es. Bloß e lang blond Hoor op'm Liebche si Sacco, dat süht en Frau selws schonn von henge janz wiet. Wie dat bloß kütt?!

Hüttzedaach kann sech so'ne Mann, och wemmer nit mieh en de Steenziet send, emmer noch prima drusse orienteere. Dat hätte siet Jenerazzijohne em Jeföhl, wo wat Dolles opzospöre es. Do nömmt hä doch trek Witterong op on hät bloß noch dat eene em Bleck, em sojenannde Tunnelbleck! Dröm deht hä sojah en Kneip Killometer fott flöck fenge, äver de Wohsch em Köhlschrank trek vör sin Nas nit. *(2009)*

Söck op Jöck

Söck dehste emmer em Dubbelpack koofe. Angers jeng et och janit, denn dä leewe Jott hät dech jo din Fööß em Duett jejäve. So wiet, so joot! E Paah Söck jekooft, aanjetrocke, jedrare, jewäsche on fähdech!

Äver nu kütt et: Ech weeß nit, wie offt mer zo Huus noh so dusselije Söck am söhke send. Dä eene Sock es treu on braw do, dä angere es fott. Keener weeß, wohen, woröm on wieso. Fott esse!

Dä janze Pöngel alde Söck Modell „Leerdamer Kies" – nit wäje däm Rüsch, wäje de Löscher – send natörlech em Duo do. Äver von de narelneue italjänesche Designer-

Kaschmir-Söck es bloß dat Soloexemplar zo fenge. Ech hann als min Wäschmasching schäl aanjekickt, äwer dat Verkimmele von Söck deht nit op'm Projramm stonn. Em Wäschebühdel wie jeck on doll erömjewöhlt, äwer zwesche de angere dreckelije Klamotte hät sech doch zom Verrecke och kinne Sock-Single versteckt.

Minne Charly-Drickes es letzde Woch met enem schwatte on enem jröne Sock lossjetrocke. Au weia, wat hätte jeschängt, als wie ehm eesch em Bürro sinne Papajeie-Look opjefalle es. Sietdäm dehte sech emmer drei Paah von deselwe Söck koofe. Dann bliewe emmer noch fönnef, wenn widder eene Sock op Jöck jeht.   *(2010)*

Wä dat jlöwt

Papeer es jedoldech, Kengk! Wä dat jlöwt, währd selech! Dat hät min Omma selech emmer jesaht. Donn bloß nit alles jlöwe, wat en de Ziedong steht. Äwer wenn et so e lecker Blättche wie dr „Playboy" es, wo vör Koozem en Emnid-Ömfroch dren jestange hät, dann kammer dat doch jlöwe odder?

Nu pass ens op! En janz Jermanija meene drissesch von all de Mannsbelder on och all de Frollütt, dat sech ene Mann öwer si Favoritte-Esse mieh freut als wie öwer Sex. Do deht mech doch direktemang dat ahle Sprechwohd enfalle, wat min Omma emmer op de Zong jehatt hät: Liebe jeht dörch dr Mare. Dann hät se däm Oppa dat jekocht, watte am leewsde verkimmelt hät, nemmech en Ferkes-Hax em Wisse-Kappes-Bett. Dann kunnt hä nimmieh „papp" sare on jet angeres donn schonn janit. Äwer dat dat hütt och noch eso sin soll? Ech jlöw et eenfach nit!

Bloß zwanzesch Prozent von de Lütt en de Emnid-Ömfroch jlöwe, dat Sex dat dollsde Jeschenk för ene echte Kähl wör. Dä Rest von fuffzesch Prozent dojäje säht, dat för en Dauerkaht von sinnem Favoritte-Fooßballvereen so'ne Mann direktemang alles angere stonn on leeje lösst. Do kannste emol kicke! Äwer kammer dat jlöwe?

Donn et usprobeere, dann weeßte et jenau! Äwer nit bloß eemol met eenem Mannsbeld, denn mr moss sech jo ene Dörchschnitt usreschne könne! *(2009)*

DEZÄMBER

Stähne kannste nimmieh kicke

De Vörweihnachtsziet es schonn lang nimmieh dat, wat se emol jewäse es.

Fröher kunnt mr ene Pöngel Stähne zälle, wemmer owends nohm Hemmel jekickt hät. De Pänz hannt dann jesonge: „Weeßte, wievill Stähne stonnt aan däm blaue Hemmelszelt?"

Kannste hütt verjesse! Hüttzedaach kammer ja kin Stähne mieh kicke, weil et onge, och wenn et eejenslech düster wähde soll, vill zo hell bliewt. Öwerall, owe, onge, vöre, henge, nix wie dolle Iluminazzijohne aan Huus on Dach, em Hoff on em Vörjahde! Lechterkette send sech wie so'n Boa Constructor öm de Bösch on de Bööm am rengele on schlängele. Öm de Finster eröm jlöhe knall-kitschije Lämpkes öm de Wett on owe op'm Dach vom Huus kütt ene Weihnachtsmann aanjejöckt mem Schledde vom rösije Renndier Rudi jetrocke.

Dehste em Auto aan so e Lechterspecktakel vörbeifahre, häste natörlech bloß Öjelches doför on bes – häste-nit-jesenn – dinnem Vördermann op de Stoßstang jetitscht! Dä! Kahpafdesch!

Nu hann ech och jrad min Kawenzmannslechterkett op de Terrass öwer'm Tanneboom jeschmesse, janz dezent Modell „Mer stronze nit, mer hannt". Domet ech met de Frau Schluppemann ussem Nohberhuus konkurere kann, kütt mech noch e Lechterengelche met en jüldene Harf op et Daach. Dä, dann es dat Krachjewitter von näweraan platt!

(2008)

Fiese Ferkeskält

Möngkesmoß jenau mem eeschte Dezämber hät sech och dr Wenter aanjesaht. Söns lösst hä emmer e beske op sech wahde, on eesch sö öm Jannewar on Febberwar deht hä op de Matt stonn, äwer doför dann och met Schmackes on Kawuppdesch!

Dies Johr äwer es dat Duett jetz als komplett, als hädden sech de zwei met de Ziet afjesproche. Siet drei Daach semmer all am bebbere on zeddere. Kütt owe drop noch ene ieskalde Wengk ussem Oste öm de Eck jeblose, fällt dech din sojenannde jeföhlde Temperatur flöck en dr Keller. Wellste dech kinne Pips, d. h. Schnoppe, Hoste on Anjina op emol, enfange, mosste dech rongkeröm lecker wärm aantrecke.

Wat ons Wentermode aanjeht, es dat en de jetzije Säsong e Kengerspell. Nit för ömmesöns hät jo hüttzedaach Hinz on Kunz ene decke Schal Modell „Löws Jogi" öm dr Hals jewiggelt on en Wollmötz, die bloß so ussüht als wör se selwer jestrickt, on die es nit bloß för Frollütt, och för Sensibelches von Mannslütt jedacht.

Fies kalde Fööß brucht sech och keener mieh aanzobrassele, denn en ons Mode-Citty loope se all als siet Ocktober en Stiwwele eröm. För dronger kannste dech en de Flanellongerbux Modell „Ommas Lovekiller" odder en ene Kaschmirboddy schmieße.

Beste emmer noch ene kalde Köttel, dann mosste dech dech 'ne stiefe Jrogg odder ene Jlöhwing verkasematuckele, on rubbeldikatz häste wärme Fööß on noch flöcker ene heeße Kopp! Donn et usprobeere! Prösterke!

(2010)

Kranke Kähls

Fröher hammer oft jesaht, wenn eener am knatsche on kühme wor: Donn dech nit eso aanstelle! Indijaner kenne kin Ping!

Indijaner villeech nit, äwer ärme Mannslütt schonn! Wenn ech emol eso öm mech eröm kick, kann ech onger denne Mannsbelder kinne eenzije Indijaner fenge.

Ech hann och erjenswie dat Jeföhl, dat so'ne Manes-Renee odder Juido-Jünter von Ping ingnoreere odder Zäng zosammebieße noch nie jet jehöht hannt.

Ech senn noch hütt minne Papp selech vör mech, wie hä mem Iesbühdel op'm Kopp op de Kautsch loch, weil hä am Owend vörher bes Meddernacht käjele jewäse wor! De janze Famillich mosst op Ziehespetze mucksmüüskestickum erömschleiche, denn fiese Radau hädden jlatt si Äng jewäse sin könne!

Hüttzedaach esset nit angers. Hät dä Schäng-Jünter sech beem Jogge ene fiese Pips jehollt, moss hä jlich de Temperatur messe. Hätte 37, 7 mosse hä sech direktemang ennet Bett haue. Hät sech dä Pitter-Döres bemm Brassele em Jahde ene Hexeschoss enjefange, kann hä sech bloß noch am Sofa festhalde. Jeht de Stemm fott, es de Nas zo, hät mr Hoste on fiese Koppping, deht mr vörsechtshalwer schonn emol sinne letzde Welle opschriewe! Ohne Testamäng jemaht zo hann, well mr sech doch nit ennet Jras bieße.

Do fällt mech en, dat mer hee em Schauspellhuus jrad e Stöck hannt, dat heeß „Dä enjebelde Kranke" von däm alde Franzmann, däm Moliere. Wie kütt mr bloß op so'ne dusselije Titel! *(2005)*

175

De Wärmfläsch hät Säsong

Nä, wat es so'ne Wenter wie em Belderbook wat Herrleches! Endlech Schnee on Ies satt, so wie mer dat fröher emmer jehatt hannt. Nu weeßte widder, wat et för ene Spass mäkt, öwer de iesjlatte Stroß zo balangseere on morjens fröh schonn vör'm Opstonn Schneehoope vör de Huusdör fott zo schöppe!

Wat mr siet Johre em Wenter nimmieh jebrucht hät, kunnt mr widder us Kleederkast on Klamottekest eruskrose: För zom Beispell de Pelzmötz met Ohreklappe Modell „St. Pittersburch", de decke Wollsocke jestreckt von de Omma selech on de Fellstiwwele Modell „St. Moritz".

Et soll Lütt jäwe, so Sensibelches, die hannt sojah drenne em Huus noch fies kalde Fööß, och wenn se drusse em wärme Fell eröm jehöppt send. För so Kaltblötler moss dann us de hengersde Eck dat antieke Stöck, de joode alde Wärmfläsch, jehollt wehde. Doll jestyled à la Düsseldorf süht dä Jummibühdel jrad nit us. Äwer voll met heeß Wasser, es dat Dengen dat „Nonplusultra" för kalde Fööß owends em Heiabettche. Deuste dech dä Bühdel direktemang aan et Fooßäng onger et Plümoh, häste flöck kin Iesbeen mieh, föhls dech lecker feucht-wärm wie en de Karibick on kanns häste-nit-jesenn schnuckelech enschlope.

Denn met kalde Fööß em Bett kammer ki Öjelche zodonn, dröm freut sech och jede Wärmfläsch met zwei Öhrkes am Kopp öwer eschte Wentertemperature. (2010)

En schöne Bescherong

Wat hammer nit all jesonge on jeschmeddert, bloß öm för endlech emol Weihnachte aan de Düssel em Schnee ze erläwe! Aanjefange mem „Schneeflöckske, Wissröckske" öwer „Leis es am riesele dr Schnee" bes am Äng „I'm dreaming of a white Christmas". Stopp, bloß kin Anglizismen mieh! Also: „Ech ben am drööme von en wisse Weihnacht!"

Dä Droom es en Erföllong jejange. Äwer wie, leck mech en de Täsch! Rongkeröm on dörch on dörch! Als wie ech am Hillije Owend morjens noch äwe e doll Jeschenk för ons Erwtant koofe wollt, hädden ech doch fies zo Fooß erömjöcke mösse, de Stroßebahn fuhr nimmieh! Dann äwe nit, hann ech mech jesaht! Wor äwer janit schlemm, denn wäje däm Schneewähder wor dann ons Tant Billa-Angenies eesch janit jekomme. Se es nemmech ene Bangezibbel, deht bloß noch aan ehr Knöckses denke, wenn et drusse wiss on jlatt es. Mer wore och janit bös dröm, denn bes dato hadde mer ons jedes Johr onger'm Tanneboom met de Tant Billa-Angenies en de Woll jekritt.

A propos Knöckskes! Mi Hezzblättche hät de janze Fierdaach op de Kautsch jeläje: R-ö-g-g-e-p-i-n-g wäje däm dusselije Schneeschöppe. Nu hatt ech de Brasselei am Been on hann doch trek Knatsch on Knies met däm Flappmann von näweraan jekritt! Au weia! Dä Nöttelefönes wor doch rotzfresch eröm am schänge, dat ech däm minne janze Pöngel Schnee met Schmackes vör däm sin Pootz von de Jarasch jeklätscht hann. On dat aan Weihnachte, wo mer doch all nix wie Freede on Freud öm ons eröm hann wolle!

Mer drööme jetz widder von en jröne Weihnacht.

(2010)

Nickelausowend

Fröher hät dä kleene Schäng-Pitter, so'ne rotzfresche Fä-
jer, owends sin Schluppe odder Schoh vör de Dör jestellt,
öm för am angere Morje Äppel on Nöss dodren zo fenge.
Vörsechtshalwer hätte noch e Jedecht parat jehatt, falls dä
hillije Mann persönlech de Trepp eropjepoltert köhm on
us sinnem Book vörläse wöhd, wie offt dä Stropp angere
Kenger fies verkamesölt hatt. Denn vom Hans Muff, däm
fies schwatte Kähl, wollden hä nit en dr Sack erinjestoppt
wähde!
  Dat Mäuzke von anno kannste verjesse. Hans Muff?
Kenne mer nit! Wemmer Jlöck hät, wesse Pänz von hütt
noch jrad, wä Nickelaus jewäse es. Hütt löpt all dat jlobal
on internazzijohnal. Do kütt dä Sänta Claus, dä Alde em
rode Outfitt on wisse Baht, vom Nordpol erongerjejöckt,
on sinne Kawenzmannsschledde met enem Hoope Päcks-
kes drop wähd vom Rudi, däm rösije Renndier met de
rode Nas, jetrocke. Dat Leed vom Rudolf es als lang ene
Hitt, dä ons Blare öwerall trällere – jlobal op Englesch.
  Rubbeldikatz deht dä Sänta de Päckskes för de Ströpp
– sorry, dat heeß jo hütt Kids – dörch dr Kamin schmie-
ße, on de janze Ambrasch mem Vör-de-Dör-stelle von
Stiwwele kammer sech spare. Dat hütt dä kleene Kevin-
Oliver sinne Wonschzeddel – fönnef Sidde lang – per E-
Mail odder SMS däm Sänta jeschreewe hät, deht sech von
selwer verstonn.   *(2009)*

Brasselei met de Backerei

Eejenslech wollt ech mech jo de janze Ambrasch met de „Alle-Johr-widder-Plätzkesbackerei" nimmieh aandonn. Denn mer hannt ons en de Famillich all vörjenomme, ons nit schonn en de Azvänzziet Speckröllekes aanzokimmele.

Äwer dann hann ech mech doch vom Tradizzijohnsplätzkesbazillus aanstecke losse, hann dat Antiekwitätche von Rezeppböökske jesöhkt on jefonge, en däm de Omma selech pingelech fies-jenau opjeschreewe hät, wat se jedes Johr för de janze Famillich usjerollt, usjestoche, jebacke on dekoreeert hät.

Hm, lecker! Leck mech en de Täsch, wat send dat för Raritätches! Sojet jöwt et hütt nerjenswo ze koofe, selws en so'n düere Kö-Konfiserie nit, on beem Aldi schonn emol janit!

Prima, dat hüttzedaach – wo en de Jlotzkest bloß noch Mannslütt en de Kösch stonnt – minnem Charly-Drickes kinne Zacke us de Kron fällt, wenn hä sech de Schöhz ömbengt on mem Kwirle, Afmesse, Knete, Usrolle on Ussteche aanfängt. Nä, wat es dat för e herrlech Jeföhl, wenn de Männer sech am emanzepeere send on ons Fraue emol so'ne Backbrassel afnähme!

Ech jonn jetz e beske op'm Weihnachtsmaat, wo et fies usselech kalt es, flaneere, während mi Hezzblättche jemötlech zo Huus, wo et lecker wärm es, ene Hoope Zimmetstähne op et Blech deut, jenau nohm Rezepp von de Omma selech.

Froch mech bloß nit, wie dann am Äng de Kösch ussüht, wenn dat Backjenie met de Brasselei fähdech es! Äwer mem profane Fottrüüme on Proppermake kann sech so'ne Jenius doch nit afjäwe! Mr soll jo och nix öwerdriewe. *(2010)*

Jedöns mem Schenke

Alle Johr widder, mr kann nix doför, steht et Weihnachts-
fest vör de Dör. On wat es? Mr mäkt sech raderkastedoll.
Wat sommer wäm schenke? So'n Froch litt eenem von
morjens bes owends em Mare. Hät mr veeronzwanzesch
Stond vör'm Hillje Owend emmer noch nit de Jeschenke
zosamme, kritt mr de Pimpernell on es met de Nerwe fies
fix on fähdech.

„Dies Johr dommer ons emol nix schenke", hät de
Mamm jesaht, „mr hät doch sowieso alles on brucht ee-
jenslech janix mieh!"

Direktemang hät och dä Oppa sinne schlaue Sennef
dobei jedonn: „Wat soll dä Kwatsch met de düere Koofe-
rei? Dat schönnsde Jeschenk es selwsjemaht!"

Dat met däm Nixschenke hät de Mamm och als letz-
des Johr jesaht, dann es „bloß en Kleenechkeet" drus je-
wohde, on am Äng loren wie emmer Pöngele von Päcks-
kes onger'm Tanneboom! Dies Johr äwer bliewe mer bei
„Nix odder selwsjemaht".

Em Keller hammer ene Hoope von leere Marmelad-
jläskes stonn. Do kläwe mer nu e nett Etikettche met de
Inschreft „Weihnachtsrüsch 2009" drop on deue fresche
Nordmanntannenadele, en Pris Zimmet on e drüch Ap-
pelzingestöckse erin. Vom Rotzech, däm Leon-Kevin los-
se mr noch jröne Minitannenädelches dröm eröm mole,
sozesare als Enrahmong, on fähdech!

Wat e Unikat von Jeschenk! Selwsjefriemelt on kütt
von Hezze! On janz näwebei jesaht, hät mr widder e
beske Platz em Keller on brucht dat Jlaszüsch nimmieh
selwer nohm Container zo schleppe. Wat fott es, es fott!

(2009)

Boom on Boom es nit datselwe

Weihnachte steht vör de Dör. Met vör de Dör stonnt och de Tannebööm. Vör'm Rothuus deht jrad e Jedecht von enem Kawenzmannsboom stonn, trek enjeflore us däm wiet fottene Norwäje.

Schad, dat mr sech so e Deng nit en de eejene Bud opstelle kann! Beem beste Welle lösst sech so e Nadelböömche selws en de Feine-Pinkels-Villa, wo mr fönnef Meter bes owe nohm Plafong messe kann, nit erindeue. Dröm mösse nu Lütt wie du on ech öwerläje, wat en dat eejene Appartemängche erinpasst on wat nit.

Dobei jeht et jo nit bloß öm de Läng odder dä Ömfang öwerhaups, et jeht och öm de Kwallität! Denkste etwa, Boom wör Boom? Von wäje! Boom on Boom es noch lang nit datselwe! Ech hann mech dat jetz emol von so'nem Nadelboomspezzijalest jenau usenangerklamüsere losse.

Nu pass ens joot op! En Kiefer, en Pinus pinaster, lösst de Nadele fönnef Woche lang nit falle, och nit vör'm heeße Kamin. En Blau-Ficht soll von de Amis stamme on deht trek fies-flöck de Nadele fottschmieße. E Sensibelche es de Doujlasije, de Zweije halde janix us, bloß Papeerengelches on nit mieh wie zwei Minijlaskurele. För en noble Nordmanntann moss mr lecker vill berappe, döför send äwer och de Nädelches wie Sammet-Satäng, pieke nit on falle bes Marie Lechtmess nit af.

Wat mäkste nu? Do es mech doch jrad jet Dolles enjefalle. Weeßte wat? Kin Ambrasch on kin Allerjie mäkt dech ene Plastickboom, dä e Läwe lang hält. Donn e beske Schnee drop spröhe, dann kannste dech sojah selwer – abakadabra – trek wisse Weihnachte zaubere! *(2009)*

Raritätches för et Fest

Eemol em Johr dommer emol nit twittere, Sammel-SMS
verschecke odder et Facebook aanschmieße. Eemol em
Johr make mer op Nostaljie on donnt noch ens wie de
Omma selech Weihnachtskahte schriewe, schön met de
Hangk on och nit jetippt.

Nu hät mr eesch emol de Ambrasch mem Ussöhke
von so'n Weihnachtskaht. Deht mr met däm Motiv –
Kitsch odder Konst – nit däm Adressat sinne Jeschmack
treffe, es mr schonn em Fettdöppe am setze, bevör mr
öwerhaups e eenzech Wohd jeschreewe hät.

Dat Schriewe vom Text hät et och fies en sech. Von
Hezze ehrlech odder fresch-fromm jelore?

Joot, dat vör Weihnachte nit bloß Lütt wie du on ech
am hen on her simoleere send. Och Prommis on VIPs
mösse sech alle Johr widder met ehr Weihnachtskahte
wat Besönderes enfalle losse.

Jrad hann ech en de sojenannde „yellow press" jeläse,
wie de Weihnachtskaht von denne Windsors ussüht. Dä
stiefe Themsen-Charly deht sech mem Camilla ene sport-
lech-flotte Deu aan. Em Schotte-Schi-Outfitt wönsche se
em Duett janz Britannije „märri chresmess".

Ons Merkels Ändschi moss och lang öwerläht hann,
bes ehm wat janz Usjefallenes enjefalle es. Nä, bloß ki
Kanzler-Fotto! Wie soll et denn e froh Fest wönsche,
wenn et emmer e bedröppelt Jesecht mäkt on de Zimp
hänge lösst?

Noh däm Motto „Losst Blome spreche" kannste dech
op däm Ändschi sin Weihnachtskaht bloß ene ärme Tan-
neboom bekicke, dä modderseelealleen on verlosse em
Kanzleramp am erömstonn es. Wenn dann kin eschte
Weihnachtsstemmong opkütt, dann weeß ech et nit. So'n

Rarität soll ons jaranteert jröne Weihnachte wönsche odder häste en angere Interpretazzijohn? *(2010)*

Tanneboom fott – Chressboom nit

Jrad woren de drei Weihnachtsdaach eröm, do hannt als de eeschte afjetakelte Tannebööm op de Stroß jeläje. Bööm, wo so joot wie kin Nadele mieh draan wore, also rongkeröm afjesonge. Äwer och staatse Bööm noch eso joot wie narelneu loren als op de Ähd eröm.

Deht Silvester vör de Dör stonn, könne vill Lütt kinne Tanneboom mieh senn, och wenn dat internazzijohnale Trio ussem Morjeland eesch am 6. Jannewar kütt.

Wenn de Tanneboomsäsong och vörbei es, dat Wohd vom Chressboom äwer hät mr et janze Johr öwer op de Zong. För zom Beispell säht mr offt, wenn eener lecker bekloppt es: Dä Doll hät se doch nit all am Chressboom!

Es erjenswo fies Knatsch on Knies en de Bud, kannste höhre: Au weia! Do es äwer dä Chressboom am brenne.

Sühste ene staatse Stronzebühdel, bei däm mr vör Ordejedöns de Unniform schonn janimmieh kicke kann, dann löpt dä eröm wie ene Lametta-Chressboom.

Donnt ons Politickers ons emol widder ene Pöngel von sahlsöße Versprechonge make – wat se jo prima könne – , dann sare mer Schlauköpp: Nu donnt se äwer widder däm Chressboom schmöcke. Op so Sößholzjeraspels falle mer nit erin.

Chressboom heeß Lechterboom, dröm kannste jedes Mol wenn dech e Lecht opjeht, jet vom Chressboom verzälle, on dat et janze Johr öwer. Et wör doch fies schad, wemmer bloß en de Weihnachtsziet ene Jeistesbletz hädden! *(2011)*

Zwesche de Johre

Dä Usdrock es escht e Antiekwitätche, on mr es am staune, datte sech bes hütt jehalde hät. Jemeent es de Ziet zwesche Weihnachte on Neujohr, also … jenau jetz!

Deht mr en de Historije erömkrose, kammer erusfenge, dat de Lütt sech fröher hondert Johr lang met zwei Kaländere erömjeschlare hannt. Noh däm eene Kaländer feng et Johr fröher aan als wie noh däm angere, so hät mr also e beske Ziet dozwesche jehatt.

Wat make mer nu hütt eso zwesche de Johre? Fröher hät mr zwesche Weihnachte on Neujohr nix brassele dörfe. Nix wäsche, nix böjele, äwer müffele on süffele schonn! Zwesche däm Äng vom Alde on däm Aanfang vom Neue sollden de Lütt sech en fuule Ziet jönne, öm för jenoch Kawuppdesch zo sammele för de Wulackerei em neue Johr.

Prima, dommer dat hütt doch och! Mer jönne ons e Päuske. Von de Weihnachtsfierdaach, d. h. von de Famillich, de Verwandtschafft mem janze Brassel drömeröm, hät mr jo jetz de Nas jestreche voll. Nit för ömmesöns heeßt et hee de Eck eröm em Berjesche Land: Wenn Öhm on Tant emmer noch nit jonn wolle, beschmieß se doch mem Weihnachtsstolle!

Wat kömmer ons von jetz aan bes Silvester, also zwesche de Johre, noch Joodes aandonn? Lommer doch, jenauso wie dat fröher Usus wor, ons all dat, wat fiese Brassel mäkt, vom Liew halde!

Also nix wie eraan! Losst jonn! Lommer et rongkeröm noch ens rechtech krache on knalle losse, nit bloß de Korke! *(2009)*

Ons rösije Wittwe

Eejenslech es jo hüttzedaach en Operett sojet wie e Antiekwitätche. Jonge Lütt kannste met so'nem Türelür nimmieh komme. Alles wat onger fuffzesch es, deht op Mjusicäls stonn, on nit op so sahlsöße Melodije, die och noch lecker em Duett jeschmeddert wähde.

Nu hammer hee on hütt em Opernhuus jrad met vill Remmidemmi „De rösije Wittwe" op'm Projramm stonn, noh däm Motto: De Operett es janit dod, se es am Läwe on dat met Schmackes on Kawuppdesch!

Däm alde Lehars Fränzke si Mäuzke, dat dä vör hondert Johr komponeert hät, deht möngkesmoß prima en ons Ziet von hütt passe.

Trek schad, dat dä dat nimmmieh metkreeje kann, wie modern dat Stöckske es!

Mer hannt deselwe Sittewazzijohn wie domols: Dr Staat es ärm draan, hät kin Moppe mieh. Dröm soll nu däm Milljohnär sin Wittwe mem Jrof Danilo verkuppelt wähde, domet de janze Penönzkes, dat Kawenzmannsvermöje, em eejene Staat bliewt on nit flöte jeht. Äwer ons Wittwe lösst nit met sech dr Molli make, hät ehre eejene Kopp on kritt am Äng jenau dat, wat se well, wat jo näwebei jesaht typesch es för Frollütt, odder?

Wä kritt wat on wä kritt wäm? Dat janze Jedöns alleen es schonn herrlech, äwer wenn dann owedrop och noch met vill Jeföhl Melodije wie: „Leppe schweije, et wespere de Jeije!" odder och dat beröhmde „Vilja-Leed" jeschmeddert wähde, do jeht eenem direktemang et Hezz op, och wemmer söns met de Operett nix am Höötche hät! *(2009)*

2008 adschüss

Vill es jewäse, vill passeert,
nix, wat et nit jejäwe.
Hee jow et Freud, do jow et Leed,
jrad wie et kütt em Läwe.

Eene kickt bedröppelt zoröck,
'ne angere es froh am höppe.
Eenem es fottjeloope et Jlöck,
'ne angere hät Jubel em Döppe.

Nu es dat alde Johr eröm,
vill kömmer nimmieh donn.
Dröm kicke mer ons och nit öm,
et wähd schonn prima wiederjonn.

Mer make ons eesch janit bang.
Wat kütt, dat kütt on fähdech!
So halde mer et hee als lang,
mer bliewe joot drop on rösech.

Et hät jejange noch emmer joot,
so sare am Rhing hee mer Lütt.
Mer stecke ons Fieses aan dr Hoot
on wahde, dat Sonnesching kütt.

Mer wenke adschüss däm alde Johr
on wolle och janix bereue.
Ejal wat och jewäse wor,
mer donnt op et Neue ons freue.   *(2008)*

Inhalt

Mai

Juni